FRUITS DES

Pépé Camisole et la

D1097185

VE JUN 2013

MT SEP 2017

SA OCT 2018

Pépé Camisole
et le printemps hâtif

Peu importe la saison, venez faire
un tour sur notre site :
www.soulieresediteur.com

**Du même auteur
chez le même éditeur :**

Ma vie zigzague, collection Graffiti, 1999.
Finaliste au prix M. Christie 2000.
Les neuf dragons, collection Graffiti, 2005,
Finaliste prix des bibliothécaires de Mont-
réal 2006.
Milan et le chien boîteux, collection Graffiti,
2010.

**Chez d'autres éditeurs
pour la jeunesse :**
Xavier et ses pères, roman, collection
Papillon, éditions Pierre Tisseyre, 1994.

pour les adultes :
Ti-cul Desbiens ou le chemin des Grèves,
roman, éditions Pierre Tisseyre, 1991.
Les années inventées, nouvelles, éditions
Pierre Tisseyre, 1994.
Canissimius, roman, éditions Québec/Amé-
rique, 1990.

Pépé Camisole
et le printemps hâtif

un roman de

Pierre Desrochers

illustré par
Julien Paré-Sorel

**SOULIÈRES
ÉDITEUR**
www.soulieresediteur.com

case postale 36563 — 598, rue Victoria
Saint-Lambert (Québec) J4P 3S8

Soulières éditeur remercie le Conseil des Arts du Canada et la SODEC de l'aide accordée à son programme de publication et reconnaît l'aide financière du gouvernement du Canada par l'entremise du Programme Fonds du livre du Canada (FLC) pour ses activités d'édition. Soulières éditeur bénéficie également du Programme de crédit d'impôt pour l'édition de livres – Gestion Sodec – du gouvernement du Québec.

Dépôt légal: 2012

Catalogage avant publication de Bibliothèque et Archives nationales du Québec et Bibliothèque et Archives Canada

Desrochers, Pierre, 1950-

Pépé camisole

(Chat de gouttière ; 41)

Pour les jeunes de 9 ans et plus.

ISBN 978-2-89607-148-7

I. Paré-Sorel, Julien, 1985- . II. Titre. III. Collection: Chat de gouttière ; 41.

PS8557.E842P46 2012   jC843'.54   C2011-942432-0
PS9557.E842P46 2012

Conception graphique de la couverture:
Annie Pencrec'h

Illustration de la couverture
et illustrations intérieures :
Julien Paré-Sorel

Copyright ©Pierre Desrochers, Julien Paré-Sorel
et Soulières éditeur
ISBN 978-2-89607-148-7
Tous droits réservés

1

Le printemps hâtif

Il faut rentrer. Grand-père ronfle dans son coin et tante Romane a mal à sa jambe frileuse comme elle l'appelle. Ça signifie que la pêche est terminée. D'ailleurs, le caisson de poissons est plein. Alors, papa et moi devons nous taper la besogne de rentrer les bagages dans le coffre de la voiture. Je profite de ce moment où nous sommes seuls pour rappeler à mon père la question que je lui ai posée au déjeuner et pour laquelle je n'ai pas encore reçu de réponse.

—Alors papa, tu as réfléchi à la bicyclette dont je t'ai parlé ce matin ?

—Aide-moi à placer le caisson de poissons. Tasse la glacière. Pas comme ça... Là. Oui. Bon, ça va... Qu'est-ce que tu disais, déjà ?

—Ben tu sais, la bicyclette, ce matin.

—La bicyclette ? Quelle bicyclette ?

Quelle bicyclette ? Seigneur ! Comme s'il l'ignorait ! Depuis octobre dernier que je lui casse les oreilles avec cette bicyclette que j'espérais recevoir à Noël, que je n'ai pas reçue, mais que j'espère bien recevoir pour mon onzième anniversaire, en juin prochain, juste à temps pour les grandes vacances.

— Aide-moi à plier les couvertures de laine. Allez, bouge un peu !

Une à une, nous empoignons chacune des trois couvertures que nous plions avec soin.

— Ils viennent d'en sortir un nouveau modèle, que je me risque à préciser. Le Mustang qu'il s'appelle. Ils en parlent à la télé. C'est un super bolide avec les poignées hautes…

— Tu penses que c'est le temps de m'asticoter avec des niaiseries pareilles ? m'interrompt papa en pointant les trois chaises à pique-nique. Passe-moi les chaises pis va dire à ta mère qu'on est prêts à partir.

Et c'en est fait de mon vélo encore une fois. J'ai été avertir maman qui a réveillé grand-père qui ronfle toujours dans son coin. J'ai ensuite aidé tante Romane à se rendre à la voiture avec sa jambe frileuse.

Papa s'est installé derrière le volant de la camionnette avec maman à ses côtés. Grand-père, que le froid a réveillé, s'est assis avec tante Romane sur la deuxième banquette. Moi, je me suis réfugié au milieu de la troisième avec la moitié des bagages et ma déception pour seuls compagnons.

— Y'était temps qu'on parte, maugrée la tante Romane en s'emmitouflant dans la couverture que j'ai déposée pour elle sur son siège. Je suis congelée comme un vieux pommier en hiver.

Tante Romane n'est pas un vieux pommier, mais une vieille fille qui n'a pas de mari parce qu'elle a cassé avec le fiancé qu'elle avait. Beau qu'il était, le futur oncle Raymond, mais con comme la lune selon les dires de maman. Tante Romane se met à pleurer comme une fontaine chaque fois que quelqu'un évoque le nom du fiancé déchu devant elle. Surtout quand elle prend un verre de trop, ce qui lui arrive de plus en plus souvent. En fait, elle boit plus que de raison chaque fois qu'elle vient souper à la maison avec grand-père.

Lui aussi, il est tout seul depuis que grand-mère est morte dix ans avant ma naissance.

Il boit comme tante Romane, trop et trop souvent. Et alors, c'est papa qui doit aller les reconduire tous les deux chaque fois qu'on les invite à souper.

Aller à la pêche aux poulamons sur la rivière Sainte-Anne est une tradition dans la famille qui remonte à... Bof... Oh! oui, sûr, un bon deux ans déjà. Moi, je m'en passerais bien. Je déteste le poisson. Le poisson, ça pue le fromage. Faut vous dire que je n'aime pas le fromage non plus parce que, le fromage, hé ben, ça pue le poisson.

Remarquez, le poulamon, c'est un petit poisson qui se pêche sur la glace bien qu'il soit dans l'eau. Il sort donc déjà congelé. Ça ne pue pas quand on le tire de son trou. Mais alors, quand papa se décide le lendemain à le faire cuire, c'est l'enfer dans toute la maison. Et le repas se termine toujours en drame parce que, mon assiette, je n'y touche pas. Et ça met maman dans tous ses états.

Ma mère n'est pourtant pas d'humeur criarde et emportée. Elle est au contraire d'un naturel calme et enjoué. Sauf les dimanches soirs où, pour une raison que j'ignore, elle se transforme en tigresse. Est-ce la vision qu'elle se fait de la journée du lendemain, le fameux lundi du lavage et du repassage qu'elle déteste à s'en confesser ? Je l'ignore. Toujours est-il qu'il n'en faut pas beaucoup pour qu'elle explose. Comme s'il y avait un bouton invisible quelque part à la base de son cou ou ailleurs sur lequel il vaut mieux ne pas appuyer si on ne veut pas essuyer une tempête. Or, il est bien difficile de ne pas appuyer sur ledit bouton. La moindre contrariété, la plus petite allusion à n'importe quoi suffit à la faire grimper aux rideaux. Ce soir, c'est le poisson.

Elle dit que ce n'est pas la peine de se faire geler dans une cabane pendant huit heures pour du fichu poisson que Pierre-Paul est incapable d'avaler.

— Pépé ! que je me tue alors à lui rappeler.

— Fais-moi pas suer avec ce surnom débile ! Ton père pis moi, on ne t'a pas donné le beau prénom de Pierre-Paul pour que tu nous le massacres avec ce surnom ridicule. Pépé Camisole ! Misère ! Veux-tu bien me dire où tu es allé me pêcher ça ? Ça fait vulgaire, surtout que tu ne portes pas de camisole. Ça te donne des démangeaisons aux aisselles. Ici, dans la maison, c'est Pierre-Paul, un point c'est tout. As-tu compris ?

Et là, elle se tourne vers papa et le chapelet de lamentations continue.

— Notre garçon ne va pas aller se coucher le ventre vide. Je vais lui préparer un sandwich, que ça te plaise ou non. S'il ne mange pas, il ne va pas dormir de la nuit. Pis, demain matin, il va se lever tout ratatiné avec une tête à ne pas mettre dehors… Le lundi, tu le sais, Charles, c'est la journée du lavage. La grosse journée de la semaine. J'en ai assez à faire comme ça sans en plus être obligée de m'occuper d'un enfant qui n'est pas malade, mais qui va dormir toute la matinée pour une nuit qu'il n'aura pas dormie faute d'avoir sauté son repas. Compris ?

Maman termine toujours ses interventions avec le mot *compris*. Une habitude. «*Tu me fais tes devoirs, compris ? Pierre-Paul, ramasse ton linge, compris ? Tu te brosses les dents, compris ? Compris, compris, compris ?…*» Mais oui, maman, compris !

Quand maman a terminé, c'est au tour de papa de prendre le relais, de me faire la leçon, de me servir le même sempiternel sermon sur les vertus d'une saine nourriture, «*… Une nourriture, mon garçon, qu'en Chine… Hé ben, en Chine, s'ils avaient du poisson comme ça à se mettre*

14

sous la dent, ils seraient moins maigres et ils seraient fiers pis même contents de manger une aussi bonne nourriture du bon Dieu. Ça les changerait de l'eau de la rue qu'ils boivent faute de mieux. Une eau qui n'a pas de poissons dedans parce que cette eau-là est tellement sale qu'on la mange au lieu de la boire. »

Voilà ce qu'il dit mon père avant de m'envoyer au lit sans dessert et sans lumière et, non, pas de lecture non plus, et oui je t'aime aussi, mon gars, mais là, tu dors.

J'ai dormi. Il y a tellement de poissons dans mon rêve que ça ne valait vraiment pas la peine de refuser d'en manger au souper pour ensuite en avaler autant pendant la nuit.

— Pépé ! Si tu ne te lèves pas, tu vas être encore en retard à l'école, me lance maman d'une voix étale. Ça fait trois fois que je t'appelle. La prochaine ne sera pas joyeuse.

Je me présente à table pas tout à fait bien réveillé. Ça sent encore le poisson. Et, moi, le poisson, j'en ai ma claque. D'hier à aujourd'hui, ça fait une vie de milliers de poissons qui m'est rentrée dedans. Tellement que j'en ai la peau couverte d'écailles.

— Ce ne sont pas des écailles, Pierre-Paul, c'est la troisième couche de crasse que tu n'as pas encore réussi à faire disparaître. Tu vas me prendre une douche vite fait. Pis tu frottes bien partout. On va finir par passer pour de vrais porcs dans cette école-là.

— Les porcs, ai-je bougonné en me dirigeant vers la salle de bain, c'est quand même mieux que les poissons.

Je suis sorti de la douche quinze minutes plus tard.

— Tu sens bon ! me dit maman en m'embrassant.

Moi, je trouve que je sens toujours le poisson.

À la radio, on parle d'une marmotte. *Une marmotte !* Voulez-vous bien me dire ce qu'une marmotte vient faire à la radio en plein hiver ? Ça hiberne, les marmottes !

Ma mère beurre mes toasts en chantonnant. Maman est toujours de bonne humeur le matin. Je ne sais pas comment elle fait. Moi, de me lever, ça me fait toujours un mauvais pli sur le caractère.

16

— Beurre d'arachide, fromage ou confiture, sur tes toasts ? qu'elle me demande en se pourléchant le bout des doigts pleins de beurre fondu.

Ma mère est sûrement, dans le monde, la personne qui aime le plus le beurre. Elle en met partout, même dans ses céréales.

— Banane et confiture, que je réponds en insistant sur la banane pour qu'elle sache que j'ai quand même mes préférences et qu'on les respecte, merci, bonjour, s'il vous plaît !

Elle m'a servi mes toasts barbouillées de confiture avec une demi-banane parce qu'il n'en reste qu'une seule et qu'elle en veut aussi.

Elle ferme la radio en marmonnant que ces histoires de marmottes sont des idioties et que, pour aujourd'hui, un déjeuner dans le silence, c'est tout ce qu'il lui faut. Il fait gris dehors, et les matins gris, elle préfère les commencer dans le silence et la méditation en fredonnant ses propres chansons.

Bien sûr, j'ai rouspété :

— La marmotte, c'est pas des niaiseries. C'est vrai, quoi. J'ai le droit de savoir. C'est quoi cette histoire de marmotte en plein milieu de l'hiver ?

— Tu ne me feras pas rouvrir la radio pour entendre de pareilles inepties.

J'ai souri. J'aime quand maman emploie un mot que notre professeur nous a expliqué à l'école. Bien sûr, elle ne le sait pas, maman. Alors je ris dans ma barbe, celle que je n'ai pas encore, mais que j'aurai un jour.

Le mot *ineptie* était dans un texte que nous avions à lire la semaine dernière. Ça se passait durant un cours de français qui nous a bien fait rigoler.

✳

—*Ineptie !* lance madame Sylvie en rabattant le livre sur sa poitrine comme elle le fait chaque fois qu'elle arrête la lecture pour nous poser une question. Que veut dire le mot *ineptie ?* Quelqu'un le sait ?… Non ?… Très bien ! On sort son dictionnaire, on cherche *ineptie*… Que faites-vous à la fin du dictionnaire, mademoiselle Plourde ? Ineptie ne commence pas par un y mais par un i. Le premier qui le trouve, dix points à son équipe.

Je suis champion de la chasse aux mots dans le dictionnaire. Alors, bien sûr, je suis le premier à trouver.

—Page 274 ! que je claironne tout en levant la main, fier comme un pape.

Je lis la définition. La maîtresse me félicite. Elle inscrit nos dix points et on prend la tête du classement sur l'équipe de Ginette Bérubé qui n'est pas contente. Mon équipe me congratule à grand renfort de sourires et de clins d'œil. À ce moment, madame Sylvie ferme son livre et le rabat avec fracas sur le pupitre de Camil qui se décrotte le nez.

—Votre nez, monsieur Pelletier, n'est pas un garage. Votre doigt va finir par y rester coincé… Alors, mon petit monsieur, de quoi parlions-nous ?

—Ben, répond Camil, sans trop savoir où la maîtresse veut en venir, on parlait de mon nez ? … De mon doigt ? … Des deux ?

Et là, toute la classe a pouffé de rire.

Ma mère me regarde avec des yeux en point d'interrogation en me demandant ce qui me fait sourire. Je lui réponds que je la trouve jolie. Alors, elle me prend par le cou et me donne un gros bec sur la joue. Je m'essuie du revers de la main pendant qu'elle se verse un grand bol de Corn Flakes.

— La journée de la marmotte, ne peut-elle s'empêcher de m'expliquer, c'est une autre bêtise qui nous vient des États-Unis. Une bêtise qu'on a adoptée sans se poser de questions, comme les imbéciles que nous sommes.

Il faut savoir que maman ne tient pas les Américains en odeur de sainteté. Elle les trouve pleurnichards. Allez savoir pourquoi. C'est d'ailleurs un des nombreux points de discussion qui opposent papa et maman. Lui, il prétend qu'il vaut mieux avoir les Américains comme voisins que les Russes communistes, affirmation non démentie par maman qui n'en affirme pas moins que ça ne les empêche pas d'être pleurnichards et de bien petites natures, tricotées avec du fil de coton plutôt qu'en laine, ce qui les rend incapables de supporter le moindre petit hiver.

Aussi, ils ont inventé cette histoire de marmotte qui voit son ombre dans l'espoir qu'elle ne la voie pas, phénomène qui présagerait un printemps hâtif. Mais, ici, au Québec, on aime l'hiver.

— Alors, la marmotte, conclut maman entre deux bouchées de céréales, c'est juste une bibitte à quatre pattes bien incapable de prédire la fin de l'hiver alors que les savants de la météo, avec tous leurs bidules compliqués, n'arrivent même pas à lire correctement le temps qu'il va faire demain. Compris ?

Fin de la discussion !

❋

En arrivant en face de l'école, je rencontre Lucien et Léopold qui, comme d'habitude, débattent d'affaires urgentes en se donnant des airs de comptables.

— Tu sais, me lance Léopold, qu'il reste onze semaines avant Pâques ?

— Ouais, fait Lucien, cinquante-deux jours d'école si on ne compte pas le congé de lundi prochain, ni le Jeudi pis le Vendredi Saint.

— Wow ! Quelle bonne nouvelle ! Si c'est tout ce que vous avez à m'annoncer ce matin, vous pouvez laisser faire. C'est déprimant.

— Non mais attends ! On descend à cinquante, précise Léopold en ajustant ses lunettes, si on ajoute le mercredi des Cendres pis les trois premiers vendredis du mois de février, mars et avril. On a une demi-journée de congé chaque fois parce qu'on va à l'église toute l'école ensemble.

Il est un fait que nous avons les fêtes religieuses pour briser la monotonie des semaines pleines. La plus intéressante à mes yeux, plus que Noël et plus que Pâques, c'est la Fête-Dieu ! Ça, c'est une chouette de fête.

À la Fête-Dieu, on fait une grande procession dans les rues avec des chandelles, jusque tard le soir. On se rend à pied depuis l'église jusque dans la cour d'un bourgeois. Là, c'est tout décoré avec des centaines de fleurs, de grosses chandelles partout, un autel fleuri et surtout des filles déguisées en anges avec des ailes de plumes et des auréoles dorées, que même la plus laide d'entre elles devient belle comme la Vierge Marie.

L'année dernière, ç'a été une fête particulièrement réussie. Ça se passait sur les parterres du notaire Provost. Tout était comme d'habitude, long et sans surprise du moins jusqu'à ce que Simon Thivierge mette le feu aux ailes de Germaine Lafond en échappant le grand chandelier d'argent qu'il tenait dans ses mains. Il s'était endormi, l'idiot, en plein milieu du *Pater Noster*. Toutes les bonnes sœurs à cornettes et toutes les bonnes femmes en chapeau à plumes. C'est le curé qui a éteint le feu avec le restant de l'eau bénite. Nous, les garçons, on n'a jamais tant ri.

✻

—Pis quarante-neuf, de renchérir Lucien, si on ne compte pas la journée d'aujourd'hui.

—Ben, pourquoi on ne compterait pas aujourd'hui ? On n'a même pas commencé l'école. La cloche sonne dans dix minutes.

—Parce que, moi, de me lever le matin, ça me fait déjà ma journée. Le reste, c'est du connu. Alors, ça compte pas.

Je voudrais bien le contredire, le Lucien, avec ses grands airs de celui qui en connaît toujours plus que les autres. Mais, ce matin, je dois lui donner raison. Moi-même, j'ai eu du mal à me sortir du lit. Pour sûr que c'est une vraie tristesse de se lever aussi mal disposé et à la dernière minute, comme c'est chaque jour le cas pour Lucien et comme ç'a été le mien ce matin. Sûr aussi, dans ces conditions, que le reste de la journée ne compte pas beaucoup dans le poids de la misère quotidienne.

24

— Oui, bon, t'es réveillé maintenant ? que je lui lance en le regardant droit dans les yeux. Parce que, là, j'ai une chose si importante à vous annoncer que vous n'en croirez pas vos oreilles : aujourd'hui, c'est le jour de la marmotte ! Ils l'ont dit à la radio.

Lucien me regarde comme si j'avais des spaghettis à la place des cheveux. Léopold me fixe avec ses grands yeux de truite derrière ses lunettes et ses lèvres troussées en cul de poule avec un trou au milieu comme s'il était en train de pondre un œuf par la bouche.

Ils attendent la suite. La suite, je fais comme si je me la gardais pour moi. Mais, en vérité, de suite, il n'y en a pas. Parce que, ma mère, elle a éteint la radio juste au moment où le monsieur de la météo allait répondre à la question de l'animateur qui lui demandait «...*en quoi consiste cette histoire de marmotte ?*» Alors, bien sûr, j'ignore tout des détails qui concernent cette histoire. Je sais qu'il y a une marmotte qui se profile dans le paysage de cette triste journée de février, mais pour le reste...

Mes deux amis n'arrêtent pas de me regarder en se disant que j'allais bien finir par leur dire quelque chose. Et ils ont raison.

— Ben, que je commence à expliquer en bafouillant, la journée de la marmotte, c'est vraiment super important. Elle compte même en double chez les Américains…

— En double ? s'étonne Léopold.

— Ouais ! Deux jours en un.

— Deux jours en un ? répète Lucien en ayant l'air de se foutre de ma gueule.

Alors, pour ne pas perdre la face, j'improvise une réplique.

— En double dans le sens que c'est une journée plus importante que les autres. Ils disent que la marmotte nous annonce, aujourd'hui même, la date de la fin de l'hiver.

— Pis, comment elle leur dit ça, ta marmotte ? me demande Lucien qui s'est mis à rire comme un imbécile. Parce que moi aussi, je peux te dire la date de la fin de l'hiver. Pas seulement aujourd'hui, mais n'importe quand tu me le demandes : c'est le 21 mars.

Je me fâche. Que peut-il savoir du début exact du printemps, celui-là, alors qu'il ne sait même pas encore à quelle heure se lever le matin ?

— Bien sûr que la marmotte elle parle, que j'ai hurlé. Mais elle ne parle pas avec la bouche, idiot. Elle parle avec… Elle parle avec… avec…

Réponds vite, Pépé, sinon tu vas perdre le peu de crédibilité qui te reste.

— Avec sa patte, qu'elle parle, la marmotte, que je lâche avec soulagement.

— Avec la patte ? trépigne Lucien.

— Parfaitement ! Avec la patte. Si elle tape trois fois, c'est que l'hiver va durer encore trois semaines, quatre coups, quatre semaines, cinq, cinq semaines et ainsi de suite. Et si elle ne frappe pas de la patte, c'est que l'hiver est déjà fini. Cette marmotte-là, c'est une vraie marmotte sauvage savante que les Américains ont inventée parce qu'ils n'aiment pas l'hiver et qu'ils veulent que la marmotte leur annonce un printemps hâtif. Voilà ! Et c'est pareil ici. Alors, la marmotte, aujourd'hui, elle va nous indiquer combien de temps d'hiver il nous reste. Et ça, pour les Américains, c'est super important.

— Important ? s'étonne Léopold en ajustant à nouveau ses lunettes, mais sans rigoler parce que, lui, c'est un gars correct, Léopold. Pas comme le Lucien qui continue à me regarder avec son sourire idiot.

— Oui ! C'est super, super important, parce que c'est à partir de la date fournie par la marmotte que les Américains calculent les autres dates : celles des ouragans, des tremblements de terre, des éruptions volcaniques et surtout celles des lancements de fusées. Et, pis pour nous aussi, c'est important parce qu'on est aussi des Américains du fait qu'on vit aussi en Amérique.

— C'est tellement important, se moque Lucien, que si on ne fait pas attention on va avoir une guerre de marmottes.

— Oui, c'est important. Tu le saurais si t'étais moins bête. Tu ris parce que t'es jaloux.

— Moi, jaloux ? Jaloux de quoi ? De ta marmotte qui tape du pied comme mon grand-père quand il joue de la musique à bouche ?

— Ton grand-père, c'est juste un vieux fêlé. Tout le monde rit de lui dans la ruelle quand il sort sur sa galerie pour parler à la lune.

Lucien s'est arrêté de rire parce que son grand-père, il est peut-être un peu coincé de la théière, il parle peut-être à la lune, mais Lucien, il l'aime bien, son aïeul. Et il n'accepte pas que quelqu'un se moque de lui. Mais, moi, les états d'âme de Lucien, je m'assois dessus parce que, c'est vrai quoi, il n'avait qu'à ne pas rire de ma marmotte et jamais je n'aurais ri de son grand-père.

Alors, Lucien me fonce dessus comme le gros bœuf qu'il est. Je m'écarte et, au moment où il passe devant moi, je lui flanque une jambette. Il s'étend de tout son long en crachant comme un enragé. Je ne lui laisse pas de chance, je me jette sur lui. On roule l'un sur l'autre en s'insultant et c'est là que je lui envoie un coup de poing sur le nez. On entend un petit craquement puis Lucien se met à saigner comme un cochon à l'abattoir.

C'était un coup accidentel. Oui, bon, je voulais bien lui donner une leçon, mais je ne voulais quand même pas lui casser le nez parce que, au fond, je l'aime bien, Lucien. La marmotte, Lucien l'a sentie passer avec le tremblement de terre qu'il a dans la tête, et les volcans en éruption de son nez plein de sang.

Hélas ! La bagarre s'est produite juste en face de l'école. La directrice et deux professeurs sont intervenus pour nous séparer. On a transporté le pauvre Lucien à l'hôpital parce qu'il n'arrête pas de saigner. Quant à moi, j'aurai eu raison pour une chose dans toute cette histoire du jour de la marmotte : c'est qu'elle compte double. Je le sais pour en avoir fait les frais, à cause du coup de poing sur le nez de Lucien. Parce que, en plus des autres punitions qui m'attendent à la maison, je dois rentrer lundi prochain pendant la journée de congé scolaire pour faire ma retenue et une longue copie : trois pages du dictionnaire Larousse, le rouge, le gros dictionnaire, celui écrit tout petit.

Le printemps hâtif, on en reparlera ! Le pire, c'est qu'ayant une faveur à demander à mes parents concernant le vélo que je désire, il me faudra attendre un moment plus propice.

2

La lèpre et le
bonhomme de neige

Lucien, Simon et moi, le matin, sur le chemin de l'école.

Lucien est de mauvais poil. Il dit que la neige en fin de mars, hé ben ! il en a plein le dos. Et que, là, assez, c'est assez. Et que ses bottes, elles sont trouées, ses bottes, et qu'elles prennent l'eau. Comme la chaloupe de son grand-père dans laquelle il a bien failli se noyer, l'été dernier, sans rire, quand il est allé à la pêche avec lui. Et que ses mitaines, ce ne sont plus des mitaines et qu'elles sentent la vieille poule.

— Hé, Lucien ! T'as fait le devoir ? lui demande Simon pour dévier le cours de la conversation qui aurait tendance à s'enliser.

— Oui, mais c'est ma mère qui m'a glissé les réponses parce qu'il était tard et qu'elle ne voulait pas rater son émission de télé. Alors, elle m'a dit de faire :

ouvrez la parenthèse (4 X 27 fermez la parenthèse) moins 3. Que ça me donnerait le périmètre de la cour carrée moins la largeur de la porte. Ensuite, on multiplie 105 par 3 $ pour savoir le coût de la clôture qu'on soustrait ensuite de 400 $ pour calculer la somme d'argent que l'on doit au client.

— Moi, réplique Simon, mon père a écrit un mot à madame Jolicœur. Il dit que, des problèmes comme ça, il en a assez. Que c'est juste bon pour se casser la tête. Et que ce n'est pas hygiénique pour un gamin de dix ans qui n'est pas doué pour les nombres de se casser la tête juste avant d'aller au lit. Mais, moi, je dis que c'est mon père qui n'est pas doué pour les devoirs.

Simon et Lucien sont obsédés par les devoirs. Ils ne parlent que de ça. Comme si leur souper dépendait de la part de devoir effectuée par chacun, ce qu'ils ne font que très rarement pour la simple raison qu'ils ont des parents chouettes qui les font à leur place.

Ce n'est pas comme moi qui suis né avec des parents indignes qui n'ont, l'un et l'autre, que ces mots à la bouche : « *Pierre-Paul, as-tu fait tes devoirs ? Oui ? Montre-moi ça que je vérifie.* » Et alors, je

34

les refais, mes devoirs, et deux fois plutôt qu'une parce que mes parents ne sont jamais satisfaits.

Lucien s'est remis à bougonner parce qu'il s'est remis à neiger. Alors, pour que ça l'énerve encore plus, parce que j'aime bien l'étriver, mon Lucien de copain…

— Alors, à la récré, on le fait, le bonhomme que tu m'as promis ? que je lui lance en décuplant mon envie de le faire, ce bonhomme.

Il a failli s'étouffer avec le noyau de la prune qu'il est en train de bouffer pour remplacer le petit déjeuner qu'il n'a jamais le temps de prendre parce que sa mère se lève toujours trop tard. Alors, il bouffe quelques fruits sur le chemin de l'école, des bananes souvent, des pommes parfois, des prunes rarement.

— T'es pas fou ! qu'il me répond. Mes bottes sont toutes percées. Mes mitaines, c'est seulement un paquet de trous rattachés ensemble par trois fils. Et pis la neige, c'est pas de la neige, c'est de l'eau. Moi, à la récré, je ne fais rien. J'attends la cloche, point !

Alors, bien sûr, à la récré, on s'y est mis tous les trois, Lucien, Simon et moi, sur le bonhomme. Il est beau, avec ses trois grosses boules bien rondes. On a promis des claques aux premiers qui se risqueraient à vouloir le démolir. Alors, ils nous ont foutu la paix et ils se sont contentés de lui tourner autour.

Pour empêcher Lucien de se plaindre de ses mitaines, je lui ai refilé une grosse paire de gants doublés qui traînaient depuis des semaines dans la boîte aux objets perdus, parce que celui qui les a perdus, est trop bête pour les reprendre.

Mais ça ne règle pas le problème des bottes trouées. Quand il a vu, mon Lucien, qu'il avait encore les pieds tout mouillés, il s'est mis à gueuler.

Que j'avais fait exprès de faire le bonhomme juste pour qu'il soit malade.

Que la neige, en mars, c'est rien que de l'eau.

Que même les gants doublés que je lui ai trouvés ne valent pas un clou rouillé.

Que c'est encore pire que ses mitaines pleines de trous. Et surtout qu'il va peut-être attraper la lèpre.

Oui, la lèpre, rien de moins !

Au souper d'hier soir, c'est sa mère qui lui a parlé de la lèpre. Elle lui en a parlé parce que la lèpre faisait justement l'objet d'une manchette aux informations de six heures à Radio-Canada. Elle lui a raconté que c'était une maladie malpropre avec plein de microbes qu'on ne connaît pas bien. Des microbes qui auraient repris du service dans certaines parties du monde. Lesquelles ? Elle ne le savait pas. Mais ce pourrait bien être ici puisque, tout de suite après, le gars de la télé qui racontait l'histoire de la lèpre a parlé des problèmes des soins de santé au Québec. Il disait qu'une assurance universelle serait une bien bonne idée et que ça aiderait vachement à lutter contre la maladie.

Lucien se met donc à nous parler de la lèpre. On aurait même trouvé des cas à l'hôpital Sainte-Justine, qu'il prétend. Et ça, voyez-vous, c'est très grave parce que, Sainte-Justine, c'est justement son hôpital, celui où il va tout le temps, le Lucien, à cause de son asthme.

Et la lèpre, ce n'est pas joli, joli. On perd des bouts de tout : d'orteil, de doigt, de nez. Oui, des bouts de nez ! Vous imaginez ? Parce que la lèpre se répand comme une traînée de poudre. Alors, si on se joue trop dans le nez, ben la lèpre elle passe par le doigt et du coup on l'attrape dans le nez. Alors, il tombe comme une feuille en automne et on se réveille un beau matin avec le nez dans le fond des draps. Ça ne doit pas être drôle et ça doit faire drôlement mal.

On raconte aussi que la lèpre se cache partout, même dans des gants doublés. Et c'est peut-être pour ça que le gars n'a pas voulu les reprendre, ses gants, parce qu'il sait, lui, que la lèpre se cache dedans. *« Et que ce soir, je vais prendre une douche avec de l'alcool. Voilà ! Et que le bonhomme de neige, il n'a pas de mains, et pas de nez non plus et, que, ça, c'est déjà un bien mauvais signe. »* qu'il a rajouté, le Lucien, avant d'aller prendre son rang parce que la cloche, annonçant la fin de la récré, venait tout juste de sonner. C'était drôlement le temps parce que le vent s'est levé et qu'il commence à faire rudement froid.

Arrivé dans la classe, je me suis approché de la fenêtre et j'ai bien regardé notre bonhomme. Il n'a pas bougé, toujours dans son coin à ne rien faire. Mais là, juré craché, j'ai bien vu que le bonhomme avait perdu une oreille. Et je me dis que c'est un très mauvais signe. Ce n'est pas normal un bonhomme qui perd des morceaux avec le froid qu'il fait.

Le soir, je me couche un peu moins inquiet en raison du thermomètre suspendu à l'extérieur de la fenêtre de la cuisine. Moins dix degrés, qu'il marque. C'est assez froid pour notre bonhomme. Ça suffira sans doute à le guérir de la lèpre. Il ne perdra peut-être plus de morceaux.

J'ai quand même hâte au lendemain pour m'assurer que tout va bien pour le bonhomme, pour Lucien et pour moi aussi.

J'ai rêvé toute la nuit à des gants qui marchent tout seuls avec des bouts de doigts qui sont restés pris à l'intérieur. À la lèpre qui a pris la forme de gros nuages noirs qui lancent des araignées jusque dans mes caleçons.

Dans ce cauchemar, je vais seul, grelottant et trempé jusqu'aux os. J'avance au milieu de la ville ensevelie sous trente pieds d'eau de neige fondue. Il fait un froid de canard. Pourtant, la neige fond à une telle vitesse qu'on ne voit plus que les toits des maisons qui émergent de la surface des eaux glacées.

Tout autour de moi, flottent des nez, des mains auxquelles il manque un ou deux doigts, des bouts d'orteil et même des bouches qui parlent toutes seules à des oreilles qui n'entendent plus. Je hâle derrière moi, attaché à de gros câbles, un gigantesque bonhomme de neige larmoyant.

Le matin, quand je me réveille, je fais cent quatre de fièvre et je suis tout mouillé dans mon pyjama. Je ne suis pas allé à l'école pendant trois jours.

Comme ma fièvre ne tombe pas, à dix heures, maman me traîne sous la douche froide. Recommandation du docteur qu'elle vient d'appeler. À la fin, je suis aussi glacé qu'un iceberg et je tremble en claquant des dents. Ensuite, maman s'est mise à me frictionner avec de l'alcool et de l'huile camphrée.

Alors, je pense à Lucien, à ce qu'il m'a dit sur la lèpre, sur les bouts de doigts, sur les frictions à l'alcool, à notre bonhomme de neige qui doit maintenant être figé dans la glace parce qu'il fait maintenant moins quinze, mais qui a quand même perdu ses mains, son nez et une oreille. Une oreille que j'ai vu tomber de mes propres yeux depuis la fenêtre de ma classe.

Et je pense que la mère de Lucien est quand même très savante de tout connaître de la lèpre parce que, ma mère, elle rigole pendant qu'elle me frictionne à l'alcool quand je lui parle de la lèpre que j'ai attrapée.

Maman me reconduit dans mon lit qu'elle a pris soin de changer en y mettant des draps propres et secs et elle me dit de dormir. Je ne m'endors pas tout de suite. Je fixe mes doigts jusqu'à ce que mes yeux se ferment tout seuls. Je les regarde afin de pouvoir les recoller si jamais l'envie leur vient de tomber.

Heureusement, ils ne sont pas tombés, ni mon nez ni aucune autre partie de mon corps. Le lendemain, moins fiévreux et un peu moins amorphe, je consulte dans mon lit le catalogue de Canadian Tire que papa reçoit à la maison. On y fait étalage des trésors que la prochaine saison estivale, encore loin il est vrai, mais déjà plus proche tout de même, apportera avec elle. Je suis en train d'admirer les quatre pages où sont photographiées les nouvelles bicyclettes avec une liste éblouissante d'accessoires quand maman entre dans la chambre avec un bol de bouillon de poulet.

Elle dépose le plateau sur la commode et s'approche en me souriant de la plus douce façon qui soit. Elle pose sa main sur mon front, la retire en accentuant plus encore son merveilleux sourire.

—Ça va mieux, on dirait. La fièvre est tombée. C'est parfait.

Elle s'assoit sur le lit et me fait un gros câlin.

— Je t'aime, mon agneau. Je t'aime gros comme la plus haute montagne du monde.

J'évite de m'essuyer la joue comme j'en ai l'habitude, jugeant que le moment est venu pour une nouvelle offensive dans mon projet jusque-là refoulé.

— Qu'est-ce que tu regardes ? interroge maman, ignorant qu'elle m'ouvre toutes grandes, par cette question, les portes qui tiennent enfermé mon plus cher désir.

— Ce sont les nouvelles bicyclettes CCM, que je réponds en évitant autant que je peux d'exprimer trop librement mon enthousiasme, ce qui pourrait paraître suspect.

— Ah ! On en fabrique de jolies de nos jours, acquiesce maman en fixant la revue que je tiens ouverte sous ses yeux. Rien à voir avec ces bécanes en fer de mon enfance.

Je profite de cette ouverture pour tourner la page avec un certain empressement.

— Regarde celle-là, maman. C'est la plus belle.

Maman ne répond pas tout de suite. Elle examine l'image que je lui montre d'un œil plus averti.

— Ha ça ! C'est vraiment une merveille. Quelle couleur tu préfères ?

Je n'en crois pas mes oreilles. Cette question de maman m'emplit d'une quasi certitude. Si j'insiste, si j'y mets les moyens et la persuasion voulus, ce vélo pourrait bien être à moi dans les semaines à venir.

— Le rouge ! que je m'exclame avec enthousiasme.

— C'est aussi mon préféré, acquiesce maman.

— Tu te rends compte. C'est un bicycle Mustang, la Cadillac des vélos. Aucun de mes copains n'en possède un. C'est tout nouveau. Avec ça, je serai le roi du quartier.

— Oui, mais tu ferais mieux de ne pas trop t'énerver. Ça pourrait faire remonter ta fièvre.

Elle se lève et attrape le plateau qu'elle avait posé sur la commode.

— Je t'ai préparé un bon bouillon de poulet avec un peu de riz dedans.

Elle dépose le plateau sur mes genoux. Elle me retire la revue des mains et y plante une cuiller à soupe à la place.

— Il faut manger et, ensuite, dodo. C'est le mieux que tu puisses faire.

Elle se penche et m'embrasse à nouveau tendrement.

— Si tu as besoin de quoi que ce soit, je suis dans la cuisine.

Alors qu'elle se prépare à sortir, je la retiens par cette dernière question.

— Tu crois, maman, que si je travaille très fort à l'école, si je fais bien mes devoirs, si j'ai d'excellents résultats à la fin de l'année et si je vous rends plein de services en retour, papa acceptera de m'acheter mon vélo ?

Maman s'arrête. Elle me fixe avec un étrange regard. Elle lâche la poignée de la porte et revient s'asseoir près de moi. Elle prend ma main dans la sienne et la caresse un court moment.

— Je ne peux pas te répondre, mon agneau. Cette bicyclette coûte les yeux de la tête. Tu as vu le prix ? Presque 150 $. Nous risquons d'avoir besoin de cet argent pour un autre projet, mon agneau.

— Quel projet ? que je demande avec une voix saccagée par la déception.

— Un projet tout à fait merveilleux qui te rendra fou de joie, me répond maman en déposant ses deux mains sur son ventre.

Quel projet pourrait me rendre plus heureux qu'un vélo mustang ? Je vous le demande. Mais ce n'est pas le moment des crises de larmes inutiles. Maman me dévisage avec une telle joie au fond des yeux qu'il serait mesquin de la contredire dans son étrange bonheur. Alors, je me résous à lui faire un pâle sourire.

— Si tout se passe comme prévu, mon agneau, ton père et moi aurons bientôt une grande nouvelle à t'annoncer... Mange maintenant.

Dix secondes plus tard, la porte se referme sur maman et sur mes rêves de vélo. Du coup, je n'ai plus aucun appétit. Je me force tout de même à finir ma soupe en me disant que l'été était loin encore et que tout n'était pas perdu.

La fièvre est revenue pour le reste de la journée et pour les deux nuits suivantes, la lèpre hante mes rêves.

Trois jours plus tard, je suis enfin guéri. Je retourne en classe en pleine forme, mais quand même encore assez inquiet au point de ne plus porter mes gants malgré les grands froids qui persistent.

Dans la cour, une grande surprise m'attend. Le bonhomme a retrouvé ses deux mains. On lui a recollé l'oreille et un nez lui a poussé sous la forme d'une magnifique carotte.

Alors, je suis soulagé. Je me dis que la médecine est décidément une bien grande chose qui guérit même les bonshommes de neige de la lèpre.

—Dis, me lance Simon en arrivant près de moi dans la cour, tu sais que Lucien est très malade ? Même qu'il est à l'hôpital et qu'ils l'ont opéré d'urgence.

Je deviens blanc comme du lait.

—Il a la lèpre ? que je demande.

—Sais pas ! Mais il avait drôlement mal au ventre que m'a dit sa mère.

Voilà ! Maintenant, je sais. Ici, la lèpre, ça commence par un mal de ventre.

Je jette un dernier regard à notre bonhomme là-bas, au milieu de la cour. Il a les deux mains repliées sur sa bedaine comme s'il avait la colique. Et je me dis que, ça, ce n'est vraiment pas un bon signe. Pas bon, du tout, du tout, du tout.

3

La cabane à sucre

Tout ça a commencé un samedi et s'est terminé un dimanche.

Je suis parti avec papa, maman, tante Romane et grand-père. J'avais le droit d'amener un copain. Alors j'ai invité Ghislain. Pourquoi Ghislain ? Parce qu'il m'aime beaucoup et moi pas trop. Du coup, ça me fait un serviteur à moi tout seul. Il veut tellement être copain avec moi, le Ghislain, qu'il lui arrive de prendre les coups à ma place. Alors, je lui devais bien ça. Surtout que, ni Lucien ni Simon n'étaient disponibles. Alors, du coup, Ghislain faisait un parfait bouche-trou.

Et puis, avec Ghislain, on s'amuse quand même... un peu. Bien sûr, ça aurait été cent fois plus intéressant avec Lucien. Mais il y a un froid entre nous. On a pris nos distances depuis trois, quatre jours. Tout ça pour une histoire de fille. Rien de grave, comme vous voyez, mais assez pour que l'idée de passer un samedi avec lui ne me traverse pas l'esprit très long-temps. Une amitié a beau remonter à des siècles et des siècles, il vient un temps où l'on doit se requestionner *sur la pertinence d'une pareille relation.*

Bon, je n'ai pas inventé ça tout seul. J'ai entendu papa et maman, un soir que j'étais couché. Eux ne l'étaient pas. Ils finissaient leur repas qu'ils avaient étiré jusque très tard, ce soir-là. C'était leur anniversaire de mariage. Chose rare, papa avait acheté des fleurs à maman et une bonne bouteille de Harfang des Neiges. Nous étions le 17 février. Il devait être dix heures du soir. Ils étaient tou-jours installés devant une table couverte des restants du souper à discuter de sujets sérieux comme en ont parfois les parents quand ils se croient seuls.

Ils me pensaient endormi. Je ne l'étais pas. J'avais quitté ma chambre sur la pointe des pieds et je m'étais caché dans un coin afin d'espionner leur conversa-tion. Le sujet paraissait si grave que ça m'a foutu une peur bleue. J'ai cru qu'ils voulaient divorcer.

Le divorce est un sport peu pratiqué par les adultes à cette époque-là. Mais la mode commence à s'imposer et ça nous fout la trouille chaque fois qu'on entend ce genre d'histoire. On sait, nous, les enfants, que cette vague ne va pas s'arrêter et que les premières victimes seront les plus durement touchées. Tout ça parce que les adultes n'ont pas la même capacité que nous de régler leurs problèmes.

La vie est bizarre, vous ne trouvez pas ? Ce sont ces mêmes adultes qui nous font la leçon, qui nous disent de régler nos chicanes en nous parlant. Qu'il ne faut pas perdre un ami pour une querelle. Qu'il faut savoir pardonner... Et patati et patata... Alors qu'eux, ils divorcent sans nous en parler ou alors juste à la fin quand tout est décidé et qu'on n'a plus un mot à dire. On doit juste se contenter de pleurer. Et encore ! Qu'une fois tout seul, la nuit, sous nos couvertures. Parce que, de nous voir pleurer, ça les fait pleurer, nos parents. Alors, nous les enfants, on se dit qu'ils ont bien assez de leur chagrin à gérer sans qu'on y ajoute le nôtre. Aussi, on pleure tout seuls, en cachette et en secret.

Donc, c'est pendant ce repas que j'ai entendu maman dire à papa : « *On est peut-être rendus là, Charles. Il ne faut pas avoir peur d'aller au fond des choses et de requestionner la pertinence de notre relation. »*

En entendant ces paroles, en voyant l'air dépité de mon père, et même si je n'en comprenais pas tout à fait le sens, j'ai quasiment avalé ma chemise de pyjama que j'étais déjà en train de ronger. Je me demandais ce qui allait venir ensuite.

Mais il n'est rien arrivé. J'ai éternué et là, ils m'ont vu. Et ils ont arrêté de discuter. J'ai fait semblant de m'être réveillé à cause d'un cauchemar dans lequel mes parents se séparaient. Je me retrouvais tout nu dans la rue, entouré de loups qui hurlaient en disant *« C'est de ta faute, tout ça, p'tit monstre ! »*.

Papa m'a pris dans ses bras, il m'a dit que ce n'était qu'un mauvais rêve, qu'ils étaient là, lui et maman. Les deux sont venus me border dans ma chambre. J'ai bien vu qu'ils m'aimaient encore. Mais, eux, est-ce qu'ils s'aimaient toujours ? C'était ça, la vraie question.

Cette question, je me la suis posée toute la nuit, au milieu des loups qui hurlaient en répétant *« C'est de ta faute, tout ça, p'tit monstre ! »*.

Et c'est ainsi qu'on arrive à la cabane à sucre. Vous me demanderez quel lien

il y a entre la peur du divorce de mes parents et la cabane à sucre. Il est vrai que ce n'est pas évident à voir. Eh bien, c'est très simple : dans les deux cas, c'est la peur d'être abandonné par mes parents. Lisez ce qui suit et vous comprendrez mieux.

❋

Bon, alors, si je commençais par le début, ce serait déjà plus facile. Parce que l'histoire de la cabane à sucre ne commence pas avec la cabane à sucre, mais plutôt les jours qui ont suivi la discussion que j'avais surprise entre mes parents.

L'idée d'un possible divorce entre eux, entraînerait de ma part un certain abandon de l'un au profit de l'autre puisque, en cas de séparation, j'irais forcément vivre avec l'un et non avec l'autre. Cette idée du divorce m'était restée prise au milieu des neurones, comme du caramel mou entre deux dents cariées. Et d'une idée à l'autre, une pensée s'était insinuée éclipsant ainsi toutes les autres : et si je n'étais pas leur véritable fils ? Si j'avais été adopté ? La question se posait d'autant plus que je n'avais ni frère ni sœur et que j'étais enfant unique au milieu d'une époque qui, il est vrai, tirait à sa fin, mais qui était tout de même encore celle des familles nombreuses.

Cette pensée me ravagea l'esprit pendant de longues semaines et se renforça avec une annonce qui me bouleversa au plus haut point.

Il faut dire qu'entre temps la question du divorce avait été soldée au prix de mille cajoleries au milieu desquelles je surpris mes parents. D'évidence, ils s'aimaient encore. Et c'est ici que se place cette nouvelle qui m'a tant étonné.

Le 24 mars, mes parents m'annonçaient que maman était enceinte d'un petit frère ou d'une petite sœur. Maman resplendissait de ce même bonheur, mais plus affirmé cette fois, que je lui avais vu au fond des yeux lors de notre discussion autour de mon désir d'avoir mon vélo Mustang. Je la revoyais en train de frotter son ventre en me disant que, dans quelque temps, «... *papa et moi aurons une grande nouvelle à t'annoncer...*» C'était donc ça, la grande nouvelle.

—Cette fois, il est bien accroché, m'informa maman les yeux pleins de larmes et la bouche pleine de sourires.

Je comprenais maintenant. Devant un nouveau bébé déjà timbré et mis à la poste, un vélo Mustang ne faisait pas le poids surtout que c'était là le désir d'une moitié de fils. Car, c'est à ce moment, dans ma tête, qu'explosa, mais en silence, dans mes larmes retenues et au milieu de leur bonheur à eux, la certitude que j'étais un enfant adopté.

Ceci ravagea les heures qu'il me restait à dormir durant les trois jours qui suivirent. Ce furent les trois nuits les plus noires de toutes mes précédentes nuits blanches.

Je me faisais mille calculs et mille raisonnements. Je me disais que maman était bien trop vieille pour avoir un bébé. Et papa bien trop fatigué, au point qu'il avait du mal à se réveiller les samedis pour me conduire à l'aréna pour mes pratiques à 11 heures. Il devait donc y avoir une fichue bonne raison pour qu'une maman trop vieille et un papa trop fatigué se décident, comme ça, au beau milieu de ma vie, de la foutre en l'air en me fabriquant un petit frère dont je n'avais pas besoin.

Et cette raison n'était pas difficile à imaginer une fois qu'on mettait tous les morceaux en place : ils voulaient un vrai de vrai fils, pas un emprunté comme moi, mais un qui leur ressemble. Parce que, pour dire les choses comme elles sont, je n'ai pas un morceau qui appartienne à l'un ou à l'autre de mes parents. Ni le nez, ni les yeux, ni les oreilles. Rien, je vous dis. On ne peut pas trouver, dans le monde entier, un enfant qui ressemble moins à ses parents que moi. Un poireau sec entre deux fraises juteuses.

Bien ! Maintenant que vous savez ça, passons à la cabane à sucre.

Cela eut lieu la fin de semaine suivante. C'est une histoire si triste que la tristesse elle-même se ferme les yeux pour ne pas se voir.

Il faut vous dire que la saison des sucres a démarré trois semaines plus tôt, sur les chapeaux de roues comme disent les Français quand ils disent n'importe quoi. Les Français ne sont pas de grands connaisseurs en sirop d'érable, pour la simple et bonne raison que, du sirop d'érable, ils n'en ont pas chez eux. Cela ne les a pas empêché toutefois, de donner leur avis sur la chose. En les écoutant y aller de leurs commentaires, mon père a émis celui-ci à l'encontre de ceux-là, que les Français ne parlent bien que de ce qu'ils ne connaissent pas et avec trop de mots pour finalement ne rien dire du tout.

Je me rappelle. Cela s'est passé pendant les nouvelles de six heures à Radio-Canada.

Un journaliste demandait à des touristes français ce qu'ils pensaient de notre bon sirop d'érable. Bien qu'ignorant tout de la chose, les interviewés s'en sont donné à cœur joie en explications aussi sottes que bêtes, en disant une chose et son contraire, et ci et ça, et n'importe quoi, ce qui fit bien rire papa.

N'empêche que les Français, avec leurs explications incohérentes sur la fabrication du sirop, ils nous ont déréglé tout le système. Les érables eux-mêmes en ont eu des haut-le-cœur et tout s'est arrêté au beau milieu de la saison des sucres parce que les gros froids sont revenus avec trois tempêtes coup sur coup. Ç'a été la catastrophe.

Pour ne pas être en reste et sauver ce qui pouvait l'être d'une saison qui s'était pourtant annoncée fort bonne et lucrative, les cabanes se sont mises à servir du sirop de l'an dernier. Remarquez qu'on n'y perdait pas au change du fait que, l'an dernier, ç'avait été une année remarquable question qualité du sirop.

C'est du moins ce qu'explique le vieux propriétaire de la cabane à mon grand-père qui rigole pour je ne sais trop quelle raison, au point que c'est un peu gênant de le voir rigoler pour rien comme ça. J'ai peur qu'il devienne un vieux toqué de la trempe du grand-père à Lucien que, là, vraiment, ce serait la honte.

Alors pour ne pas exposer Ghislain aux extravagances de mon aïeul, j'ai dit à maman qu'on allait prendre l'air.

Maman n'a pas répondu parce qu'elle rigole aussi avec ma tante Romane qui n'arrête pas de faire les yeux doux à un serveur de crêpes. Celui-là, il doit avoir cent ans. Avec toutes les dents qui lui manquent, ça fait désordre dans sa bouche. Et ses cheveux gris sur les tempes. Et son tablier bourgogne qui fait minable avec toutes les taches qu'il y a dessus.

On est sortis, Ghislain et moi. On s'est joints à la marmaille qui chahute autour d'une longue table couverte de neige sur laquelle un monsieur étend de la tire qu'on enroule autour d'un bâtonnet de Pop-Sicle. Il y a tellement de monde, qu'on ne peut pas se servir. Alors, on décide de passer notre tour.

On se dirige vers les bouilloires. Même chose ! Du monde partout autour des cuves. On ne peut rien voir. Alors, j'entraîne Ghislain dans une excursion en forêt comme les indiens Sioux d'autrefois. Dans une petite talle d'érables, à l'écart du chemin, on s'arrête. Il y a une chouette fille blonde qui fait goûter de l'eau d'érable à des visiteurs à même « *les chaudières de ces quelques érables, attachées sous les gaudrioles pour démonstration seulement et à des fins purement pédagogiques parce que tous les autres érables, comme vous le voyez autour de vous, mesdames et messieurs, sont reliés par de grands tuyaux. C'est un…*»

Je me retourne et je vois des tuyaux de plastique bleu qui courent partout à travers la forêt. On dirait des arbres sous perfusion. Ils ont l'air branchés à des machines qui leur sucent le sang. Du coup, le sirop, la tire et le sucre d'érable me font moins envie. Cette forêt commence à ressembler bien plus à un hôpital pour arbres malades qu'à une érablière et, avec la neige blanche partout, on dirait des draps de civière.

C'est là qu'on entend un cri terrifiant. C'est une fille qui vient de crier. Elle a trouvé un écureuil mort noyé dans l'eau d'érable d'une chaudière aux trois quarts pleine.

La fillette n'a pas plus de six ou sept ans. Ça explique son cri. À cet âge-là, comme chacun sait, tout nous impressionne. On est très émotif et pas encore capable, comme nous les plus vieux, de faire la part des choses et de le trouver drôlement rigolo, l'écureuil, avec ses pattes en croix comme s'il voulait s'envoler. Hé ben, la fille de six-sept ans, elle vomit tout son dîner. La monitrice blonde a dû la ramener à la grande salle à dîner auprès de ses parents pour qu'ils s'occupent d'elle parce que, tout de même, elle n'est pas payée pour jouer les docteurs.

Pendant ce temps-là, la table à tire s'est un tantinet dégarnie de sa couronne de mioches. On a pu enfin s'y rendre, Ghislain et moi, pour s'empiffrer de trois traites de tire. On s'en est mis plein le ventre au point qu'après quinze minutes, Ghislain s'est plaint de maux de cœur et il est allé se calmer dans la camionnette de papa. Il s'est étendu sur la troisième banquette et il s'est endormi raide.

Moi, je me suis servi une quatrième portion de tire en me disant que j'aurais vraiment dû amener Lucien plutôt que Ghislain. Et je suis reparti en explorateur solitaire dans la forêt. Sauf que, pas longtemps après, moi aussi j'ai eu mal au ventre avec des crampes qui n'annonçaient rien de bon pour mon fond de culotte.

Mais là, je suis perdu dans une petite clairière entourée d'arbres et de bas sapinage avec personne aux alentours. Des toilettes, y'en n'a pas, même pas une bécosse. Et quand j'ai dû me soulager dans un coin sombre, j'ai béni ma mère d'avoir mis dans mes poches deux petits paquets de kleenex. Ç'a été une vraie bénédiction.

Après, j'ai marché. J'ai eu soudainement très chaud, avec une envie de vomir, et le tournis et une envie de dormir que seules les marmottes peuvent comprendre. Je marche sans savoir où je vais, si bien que je ne sais plus où je me trouve.

Je vois une cabane, sur ma droite, dont la porte n'est pas barrée. J'entre. Il y a un gros tas de foin avec des centaines de bidons de sirop empilés. Je me laisse choir au milieu du foin, les bras en croix et je m'endors.

Quand la famille a rembarqué dans la camionnette pour le retour, il était six heures trente. Tout le monde s'installe, papa et maman devant, grand-père et tante Romane sur la deuxième banquette. On m'a raconté, plus tard, que grand-père s'était mis à ronfler aussitôt ses fesses enfoncées dans les coussins de son siège. La tante Romane n'en mène pas large non plus : elle a un peu trop forcé sur le *gin-7up*. Aussi, quand maman lui demande si les enfants sont bien là, la tante zieute derrière elle. Elle voit Ghislain étendu sur la troisième banquette avec ses jambes qui dépassent. La tante croit que Ghislain, c'est moi aussi, et elle dit « *Ils sont bien là. Ils dorment comme des marmottes.* »

Et maman la croit. Elle ne vérifie pas à qui sont les jambes ni combien il y en a. Papa non plus. Il met le contact et il démarre. Dix minutes plus tard, tout le monde ronfle dans la camionnette sauf papa qui conduit.

Ils arrivent à Montréal une heure plus tard et c'est là que la catastrophe s'étale de tout son long. Aussitôt que la voiture s'arrête devant chez grand-père, maman se réveille en sursaut. Tout de suite elle sent que quelque chose cloche. Je ne suis pas dans la camionnette. Pauvre de moi, qu'on a laissé derrière sans s'en rendre compte ! Et maman qui pleure son petit garçon qui a sans doute été enlevé par des Poméraniens. Et tante Romane qui s'excuse et qui pleure encore plus fort pour se faire pardonner son erreur de calcul. Et qui pleure doublement en s'accusant d'avoir trompé son Raymond de fiancé duquel elle est pourtant séparée depuis un an, mais qu'elle aime toujours. Et tout ça pour un vendeur d'œufs brouillés. Et qui pleure encore sur mon cadavre potentiel et sur celui de son mariage raté.

Papa a vite réveillé Ghislain qui dort toujours sur la troisième banquette et qui ne se rappelle plus rien, même pas son nom. Qui a mal au ventre et qui veut rentrer chez lui. On entre chez grand-père. On téléphone aux parents de Ghislain. Ils arrivent dix minutes plus tard avec des gros « *Merci ! On vous revaudra ça. Alors, Ghislain, dis bonjour à ton petit camarade.* » « *Bonjour !* » qu'il marmonne sans s'apercevoir qu'il dit bonjour à personne.

Papa a ensuite pris la main de maman qui pleure toujours. Il l'installe du côté du passager, il se met au volant et démarre en faisant crisser ses pneus sur l'asphalte. Une heure de route dans un silence aussi épais qu'une soupe aux pois de trois jours. Avant de partir, ils ont voulu appeler à la cabane pour savoir si, par hasard, ils n'avaient pas trouvé un petit garçon amputé de son père et de sa

66

mère. Mais, dans leur énervement, ils ont oublié le nom de la cabane et le nom du patelin où se trouve la cabane. Alors, ils ont décidé de partir. Le chemin, ça au moins, papa s'en souvient.

Le nom de la cabane et celui du patelin leur reviendront en mémoire quinze minutes avant d'arriver. Maman veut s'arrêter pour téléphoner. Papa lui fait comprendre que ce n'est pas la peine de chercher un restaurant ou une station-service pour téléphoner. Ils arrivent de toute façon. Dans les circonstances, le mieux à faire, c'est encore de continuer. La cabane, ils la trouveront bien malgré la noirceur : une sucrerie sur le bord du chemin qui a pour nom *Les Becs Sucrés*, il n'y en a pas des tas.

Moi, pendant ce temps-là, j'ai eu le temps de me réveiller. Où suis-je ? Sais pas. J'ai mal partout, à la tête, au ventre, aux bras, aux jambes qu'un moment je crois entravées par des cordes. Dans mon tas de foin, il fait froid comme chez le loup.

LES LOUPS !

Le cœur me bondit dans la poitrine comme s'il voulait me sortir du corps. Et si j'avais été enlevé par les loups ? Comme l'enfant qu'on a retrouvé un jour.

Il avait été, lui aussi, enlevé et élevé par des loups. On l'a retrouvé cent ans plus tard. Il était devenu un loup aussi sauvage et dangereux qu'un vrai loup. Avec du poil partout, des crocs menaçants et une gueule qui grogne.

La peur me donne la force de me relever. Je m'aperçois que je n'ai pas les jambes attachées. Tout de suite, je me sens moins misérable. À tâtons, je cherche la porte, puis ensuite la poignée que je tourne. La porte s'ouvre toute grande avec un petit vent froid. Et là, je vois ma mère derrière trois hommes qui me braquent avec leurs lampes de poche, et papa qui se tait derrière maman pour ne pas montrer qu'il pleure lui aussi.

Par précaution, on m'a transporté à l'hôpital. Une grippe de tous les diables, une fièvre de 104 degrés et un mal de bloc carabiné. Ils me gardent sous observation toute la nuit question de faire tomber cette fièvre de cheval. Au matin, le docteur me donne mon congé.

Nous rentrons à Montréal. Je suis assis entre papa, qui conduit, et maman qui me serre très fort contre elle. Ce jour-là, ça n'a pas été le plus beau jour de ma vie. J'exagérerais en disant ça. Mais certainement le plus confortable, bien enveloppé que je suis dans mes certitudes que je ne suis finalement pas l'enfant adopté que je croyais être.

Le bonheur m'est venu d'autant plus facilement, que j'ai vu, dans la boîte à gants que papa avait mal refermé, le catalogue de Canadian Tire avec un papier qui marquait, d'après une rapide estimation, la page des vélos.

4

Le pot aux Roses

Aux derniers jours d'avril, en pleine saison des tulipes, notre maîtresse d'école, madame Julie, qui n'était pas mariée, tomba enceinte. On dut se contenter d'une remplaçante qui était bien plus vieille, bien plus laide et, surtout, bien moins gentille que notre institutrice. Quant à mademoiselle Julie, on n'entendit plus jamais parler d'elle. Sauf une fois, par Fée Clochette – c'est le surnom qu'on avait donné à notre directrice.

Elle était venue nous présenter notre nouvelle institutrice qui avait un très joli nom, Madame Rose, tout en s'excusant de nous avoir refilé cette moins que rien de mademoiselle *« dont je n'ai pas besoin de vous rappeler le nom, sinon pour vous dire de prier chrétiennement pour elle. Sur ce, bonne fin d'année à tous. Je vous laisse avec votre nouvelle enseignante. »*

Ce fut tout. Et c'est ainsi qu'on se retrouva avec un monstre comme titulaire. Mais, ça, nous ne le savions pas encore.

※

Madame Rose était debout devant nous avec son chignon, sa peau huileuse et son air farouche. Elle portait une jupe grise, un chemisier d'un gris plus pâle, des lunettes et un bâton à tableau qu'elle maniait comme une trique.

Elle nous souriait comme aurait souri un boucher devant une longe de bœuf qu'il était prêt à débiter à grands coups de hachoir.

Elle s'assit à son fauteuil. Elle croisa les mains sur son pupitre sans jamais lâcher son bâton qui se balançait devant son visage de cire à plancher comme la branche d'un métronome. Elle nous demanda les tables de multiplication et de division, les questions 137 à 452 du *Petit Catéchisme*, les noms des dix provinces avec leur capitale, les noms des grands fleuves du Canada, ceux des affluents du Saint-Laurent. Finalement, pour souligner son arrivée, elle nous priva de récréation «... *Je vais vous*

redresser, ça ne va pas prendre bout de tinette ! C'est moi qui vous le dis. C'est fini le temps du gros fun noir. Vous allez vous mettre au travail vite fait. Vous n'avez qu'une seule chose à vous mettre dans la caboche d'ici la fin de l'année : vos tables de multiplication et les cinq cents réponses du Catéchisme. »

Ce soir-là, Antoine, Simon, Gratien, Paulo et moi, on se retrouva en retenue en train de faire une copie. Cent fois, « *Je ne parle pas en classe parce que le silence m'empêche de dire des bêtises et d'avoir l'air d'un imbécile.* »

Alors que madame Rose était penchée sur nos cahiers de dictée qu'elle était en train de corriger en parlant toute seule, Antoine avait fabriqué de petites boulettes de papier mâché pour en faire ensuite des projectiles qu'il lançait en direction de notre maîtresse à l'aide d'un tire-pois pas plus long que quatre pouces. Cinq boulettes étaient collées au tableau fraîchement lavé, juste derrière la maîtresse qui ne s'était aperçue de rien.

Pour sa dernière boulette, Antoine prit bien son temps. Il visa cette fois le verre d'eau, à droite de notre professeur qui avait toujours les yeux braqués sur sa correction.

Nous, on retenait notre souffle et le petit éclat de rire qui nous éclatait dans le nez et dans le cerveau en imaginant la boulette de papier renverser le verre d'eau par terre, tout en répandant son contenu sur les cahiers de dictée.

Un coup de vent dans la sarbacane, un tir parfait.

Dame Rose, sans lever la tête de ses copies, dressa sa main et intercepta le projectile entre son index et son pouce avant qu'il n'atteigne sa cible. Ça se passa si vite, que nous restâmes saisis d'étonnement. Quand elle releva la tête, Antoine, qui n'était pourtant pas *manchotte*, devint blanc comme une meringue. Madame Rose nous libéra de notre retenue, Gratien, Simon, Paulo et moi. Elle garda seulement Antoine près d'elle.

Le lendemain, Antoine ne se présenta pas en classe. Ni les trois jours suivants. Il revint le lundi accompagné de la directrice et de son horrible père. Il dut lire une lettre d'excuses à Pot aux Roses devant toute la classe.

C'était épouvantable de voir notre ami. Ce n'était pas tellement la lettre qui impressionnait, mais son état physique. Il faut dire que son père était un vrai taré, un enragé qu'il soit sobre ou en boisson. Alors bien sûr, amoché qu'il était, notre Antoine, avec un œil au beurre noir, des ecchymoses sur les bras et autour du cou, à croire que son père avait essayé de l'étouffer. On n'entendit plus parler de lui de tout le reste du mois de mai. Il était comme ailleurs, avec sa rage et son silence. Dans la classe, il ne disait plus un mot ; dans la cour, il restait tout seul dans son coin.

Pour le reste, tout a été à l'avenant : un vrai calvaire. Même Lucien, qui n'est pourtant pas dans notre classe, nous trouvait bien malheureux d'être pris avec un monstre comme Pot aux Roses.

Au milieu du mois de mai, déjà, la révolte couvait dans la classe. Un événement allait bientôt mettre le feu aux poudres. Pour l'heure, Paulo venait de décider qu'il en avait plein le dos. Pot aux Roses pouvait toujours courir sur la tête ou monter les marches de l'Oratoire Saint-Joseph à genoux et à reculons, ça ne changerait rien : sa copie, elle ne l'aurait pas.

— On peut pas remuer le petit doigt sans se ramasser avec une copie ou une retenue, qu'il gémit, le Paulo, ce soir-là en rentrant à la maison.

Bien sûr, le lendemain, il l'avait faite, sa copie, et l'avait fait signer comme de juste, et ça nous a soulagés. Car on se demandait bien dans quel état il nous serait revenu, le Paulo, s'il avait essayé de tenir tête au monstre. Mais, même si notre ami n'avait pas mené sa rébellion jusqu'au bout, il avait semé la graine de la révolte qui n'allait plus cesser de croître en nous comme le chiendent dans un champ d'herbes folles.

Parce que ça nous a fait réfléchir. On s'est demandé si on était vraiment obligés de l'endurer comme ça, notre marâtre de maîtresse folle, sans rien faire, sans rien dire. Mais ce qui nous a décidés à agir, c'est quand Pot aux Roses s'en est pris à Lucie.

Ça s'est passé le vendredi suivant.

La grébiche vient de mettre un problème vache de multiplications au tableau et elle demande à notre Lucie de se lever et de venir le résoudre.

Bien sûr, elle n'a pas trouvé la solution du problème, la pauvre Lucie. Et alors Pot aux Roses l'a attrapée par les oreilles et lui a tapé la tête sur le tableau trois ou quatre fois en lui gueulant qu'elle n'était rien qu'une imbécile, une paresseuse et une idiote. Elle l'a tellement terrorisée que notre Lucie a fait pipi devant tout le monde.

Lucie, ce n'est pas une lumière. Elle n'est pas jolie. Elle est timide, mal foutue, avec des vêtements tout rapiécés et cette tignasse frangée qui lui donne un air de misère. Mais avec un regard si doux, une voix si cristalline, si claire, si juste quand elle chante qu'on dirait un ange en prière. Et fine, Lucie, fine et délicate comme une libellule.

Aucun garçon de la classe n'oserait avouer qu'il l'aime bien, la Lucie. Mais c'est pourtant la vérité. Oh ! bien sûr, ce ne serait peut-être pas l'amoureuse que l'un de nous choisirait. Mais de toutes les filles de la classe, c'est celle qu'on préfère, celle qu'on protège. Celle à qui on n'a pas le droit de toucher. Celle à qui on ne peut faire de mal, provoquer ou chahuter sans nous trouver sur son chemin pour prendre sa défense. C'est notre petite sœur secrète à tous. À Lucie, on ne touche pas. Jamais !

Alors, quand Pot aux Roses s'est attaquée à notre Lucie, sans le savoir, elle venait de signer son arrêt de mort. Sans même qu'on se parle, des quinze garçons de la classe, chacun savait la mission qui lui incombait : faire payer le gros prix à Pot aux Roses pour toutes ses méchancetés.

Le soir même, on s'est réunis chez Gratien parce qu'il a la plus grande cour du quartier et qu'il a promis de la limonade à tout le monde. Sur les quinze, quatorze se sont présentés auxquels se sont greffés Lucien et Bertrand de la classe de madame Louise. Il ne manque qu'Antoine. Nous sommes tous déçus de son absence. C'est quand même lui le plus costaud de la gang. Mais on comprend. Depuis l'histoire des boulettes, il n'était plus le même gars. Sûr qu'il n'a pas le goût de se retrouver sur le chemin de la grognasse.

Pendant qu'on sirote notre Kool Aid au citron, je prends la parole et j'expose le problème avec toutes les nuances que la situation exige.

— Bon, ben les gars, c'est pas compliqué, il faut se débarrasser de Pot aux Roses.

— Ouais ! intervient Dany, le plus petit du groupe, mais aussi le plus espiègle, le plus brillant et le plus agile. On la fait rôtir pis on donne ses morceaux aux cochons. Ceux-là, ils mangent n'importe quoi.

Dany, c'est toujours le premier à se porter à la défense de Lucie, tellement qu'il en serait secrètement amoureux que ce ne serait pas impossible. Parce que Lucie, enlevez-lui les trous de teigne dans les cheveux, recousez ceux de ses bas et de sa robe, mettez-lui une paire de souliers propres, troussez-lui un sourire sur le visage, et vous n'en feriez pas une vilaine fille.

— Réveille, Dany ! répond Julien. On est en ville. Des cochons, on n'en a pas sous la main.

— C'était juste une manière de parler, épais, rétorque Dany avec colère.

— Épais toi-même, réplique Julien.

— Pis qu'est-ce que tu fais icitte, Julien Gendron ? T'es même pas dans notre classe.

— Ça va faire, les deux clowns, lance Simon. Vos chicanes, vous les réglerez ailleurs. On est ici pour trouver une solution à un problème autrement plus grave.

— Entéka, intervient Paulo, on peut plus laisser la sorcière continuer à faire la pluie pis le beau temps comme elle le fait. C'est une méchante, que je vous dis. Pire que le père d'Antoine. Une méchante mauvaise personne avec juste du mal à faire. Si on la laisse continuer, je suis sûr

82

qu'un jour il va se mettre à lui sortir des tas de crapauds de la bouche à chaque fois qu'elle va vouloir parler.

On a tous fait des grands *oui* de la tête, mais après ce que vient de dire le Paulo, on n'a plus rien à ajouter comme si tout venait d'être dit d'un seul coup. On a la tête aussi vide qu'un trou de beigne. Il y a juste un grand bol d'air entre nos deux oreilles avec pas une seule idée valable au milieu.

— C'est ben beau, que je dis après une longue minute de silence. Mais qu'est-ce qu'on fait maintenant ?

Pas plus que les autres, je n'en ai la moindre idée. Il faudrait certainement en imaginer une formidable, très grave, impitoyable. Or, à dix-onze ans, on ne connaît pas encore ce qui est grave dans le monde des adultes. On sait ce qui est bien et ce qui est mal pour un enfant. Mais pour un adulte, qu'est-ce que c'est exactement que le bien et le mal ? C'est assez compliqué à définir. Car un adulte, en somme, ça ne pense pas du tout comme un enfant. Ce qui est mal pour un gamin devient correct et bien chez un adulte, comme dire des gros mots, ne pas se laver les mains avant de manger, boire de la bière, refuser de finir son assiette ou se coucher tard le soir.

Alors, bien sûr, pour se débarrasser d'une sorcière, ce n'est pas commode. Surtout que selon l'opinion des adultes, elle fait bien marcher sa classe, la Pot aux Roses. Du bout de sa baguette, sans jamais lever le ton, ce qui fait bien l'affaire de la directrice et l'admiration des parents. Alors, je vous le demande, contre qui se bat-on ? Contre le monde entier ? Ça fait beaucoup quand même !

Aussi, après dix minutes où pas une idée n'a troussé de nos cervelles, on en est venus à parler de n'importe quoi, des vacances qui s'en viennent, de camping, de baseball, du Parc Belmont qui va bientôt rouvrir ses portes, du chalet de l'un et de l'autre. Et de tout le reste. On est prêts à renoncer à notre projet de vengeance et à sacrifier la pauvre Lucie sur l'autel de notre incompétence quand voilà qu'arrive au milieu de l'assemblée celui que plus personne n'attendait : Antoine.

— Moi, je sais ! lance-t-il avant même qu'on remarque sa présence.

On sursaute de peur d'abord, celle d'avoir été surpris par un écornifleux, de surprise ensuite de voir que c'est Antoine qui se pointe à notre réunion avec une demi-heure de retard et une idée en tête.

L'Antoine ne veut rien nous raconter. On insiste, il se ferme.

—Pointez-vous jeudi prochain après la classe, consent-il à nous dire. Au bout du corridor, proche de l'escalier. Vous saurez tout.

❀

L'affaire a sûrement pris son envol dès le lundi suivant en raison de menus détails qui nous ont échappé, mais qui me reviennent en mémoire maintenant que j'y repense. Cette journée-là, à six reprises, ce qui est exceptionnel, le grand Antoine a demandé la permission de se rendre aux toilettes pour une supposée colique et qui avait reçu l'aval de ses parents, par un billet remis à Pot aux Roses le matin même par Antoine.

Chaque fois, Antoine s'absente une dizaine de minutes. Quand il revient, il respire très calmement, signe que tout va bien. Quand il passe près de moi, il me fait des clins d'œil de conspirateur. Ainsi a passé le lundi.

Le mardi n'a rien présenté de particulier sinon l'affabilité du regard de notre ami en faveur de Pot aux Roses. Il mettait une singulière application à satisfaire notre professeure par de basses besognes comme celle de s'élancer pour ramasser un crayon tombé du pupitre de la grognasse ou cette demande servile, si étrangère au caractère de notre ami, de rester après les cours pour laver les tableaux et balayer la salle de classe.

Le mercredi fut certes plus agité. Nous recevons en matinée la visite de la Fée Clochette. On l'a d'ailleurs entendue approcher en raison des nombreux bracelets qu'elle porte au bras droit et qui tintent comme le feraient des clochettes sur l'encolure d'une jument attelée à un carrosse de parade.

Elle est entrée sans cogner. On s'est levés, on l'a saluée. Elle nous jette un regard de glace avant de nous inviter à nous asseoir.

—J'ai quelque chose d'important à vous dire.

Elle prend son air de directrice, droite comme un i, avec ce je ne sais quoi du chien policier dans le regard. Suit un long silence. Au travers de ses grosses lunettes, elle nous fixe l'un après l'autre, en rentrant son menton pour donner plus de poids à ses yeux sombres. Elle a les mains jointes sur son ventre corseté, sa poitrine rebondit à chaque respiration. Le moment, on le sent, est grave.

—J'ai le grand déplaisir de vous annoncer qu'il y a un voleur dans notre école. Je ne vous dirai pas tout ce que ce triste personnage a dérobé, mais je veux qu'il sache que nous connaissons son identité. Je m'adresse donc à lui impérativement. Je lui donne jusqu'à jeudi pour se dénoncer. Passé ce délai, nous référerons le cas à la police et le petit-monsieur risque de se retrouver à l'école de Réforme vite fait.

Il y a un grand silence dans la classe. Personne n'ose regarder personne. La directrice plus directrice que jamais nous lance un regard de feu, puis ajoute d'une voix aussi froide que sépulcrale :

—Maintenant, je m'adresse à chacun d'entre vous. Si, parmi vous, se trouve un ou des élèves qui connaissent le coupable, si l'un ou l'une d'entre vous soupçonne un camarade, dites-vous qu'il est dans votre intérêt et dans le sien que vous le dénonciez. À défaut de quoi, vous pourriez vous retrouver avec de très gros problèmes vous aussi. Là encore, nous savons les noms de ceux qui connaissent le coupable. Je m'adresse donc à ces personnes avec le plus grand sérieux... Voilà ce que j'avais à vous dire. Maintenant, je vous souhaite une bonne fin de journée. Madame Rose, je vous laisse à vos élèves.

Avant de partir, elle s'arrête et elle nous dévisage une dernière fois. Ses yeux s'arrêtent sur moi. J'ai failli rentrer à l'intérieur de mon pupitre.

Le jeudi est passé sans que personne ne se dénonce. Nous n'avons pas reçu de nouvelle visite de la Fée Clochette. Ce soir-là, Mario, Pierre Lanteigne, Simon et moi, nous sommes en retenue. C'est presque devenu une habitude. On fait notre copie en silence pendant que madame Rose fouine dans l'armoire où elle met ses affaires personnelles et ses vêtements. Il y a quelques livres, une grosse boîte à chapeau et un coffret de bois qu'elle ouvre pour en admirer le contenu.

Elle a un petit sourire de contentement. Elle en tire deux ou trois objets qu'elle enfouit dans le creux de sa poche. Elle referme la boîte, la replace sur la tablette, ferme la porte, tourne la clé puis nous jette un regard discret. Elle rejoint son pupitre et se remet à la correction des copies qui traînent en pile sur son grand buvard. Cinq minutes plus tard, je la vois qui mâchouille le troisième caramel mou qu'elle conserve dans le petit coffret. Elle croit que nous l'ignorons, l'idiote. Mais chacun sait que c'est là son péché mignon. Je me remets à ma copie en soupirant.

C'est à ce moment-là que tout s'est produit avec une rapidité stupéfiante. La porte de la classe s'est ouverte, mais lentement cette fois et en grinçant. Il y a la directrice accompagnée de quatre maîtresses qui restent sur le seuil et de monsieur le concierge qui traîne derrière. Tous affichent un air lugubre.

La directrice nous ordonne de nous en aller, que la retenue est terminée. On regarde madame Rose qui est devenue blanche comme un drap, qui s'est levée très lentement, qui marmonne je ne sais trop quoi.

—Allez ! Allez ! insiste la directrice. Et fermez la porte en sortant.

Une fois rendus dans le corridor, on prend notre temps. Mais on n'entend rien. Par contre, une fois dans l'escalier, ça s'est mis à gueuler dans la classe, on aurait cru que la bataille était pognée.

Tous les garçons sont là comme nous l'avait recommandé Antoine, le génie de la vengeance. Tout le monde est silencieux. On écoute. On ne comprend pas un traître mot de tout ce qui se dit, mais on a bien vu, avant de sortir, que Pot aux Roses était au bord de la crise d'apoplexie. Alors j'ai dit aux copains d'attendre.

— Je vais aller voir ce qui se passe.

— Es-tu fou, Pépé ? me dit Simon. Si la directrice te voit, t'es pas mieux que mort !

Et puis, il y a un grand cri suivi de petits éclats de voix comme si certaines personnes n'en croyaient pas leurs yeux. Je m'approche de la porte de la classe sur la pointe des pieds. Je les espionne par le carreau, l'œil de travers.

Le concierge a ouvert l'armoire où Pot aux Roses conserve ses objets personnels. La directrice et les quatre autres enseignantes sont réunies autour du carton à chapeau que la directrice a déposé sur une table. Elles regardent dedans. La directrice tient une boîte de métal qui a anciennement contenu du thé. Elle l'ouvre et en sort deux trousseaux de clés et une pile de billets de banque.

Tout ce que j'ai pu entendre c'est « *argent de la petite caisse* » et madame Louise qui répète « *Mais, c'est ma montre ! C'est ma montre. Mais ça se peut-tu ? Ben oui, c'est ma montre !* » Et Pot aux Roses assise à son fauteuil qui braille comme une vache en répétant que ce n'est pas elle, que c'est un coup monté, qu'elle est une personne honnête.

La directrice a ensuite soulevé la gabardine de notre professeur. Derrière le manteau, elle découvre une enveloppe contenant l'entièreté de l'argent déposé par les élèves le lundi précédent, somme qui devait être acheminée à la Caisse Populaire de la paroisse et dont on avait perdu la trace. Un tintement attire alors l'attention de la directrice et du concierge qui convergent vers l'arrière de l'armoire.

—Sapristi ! lance le pauvre homme, éperdu d'étonnement, en décrochant un immense trousseau de clés. Par Saint-Joseph, je les cherchais depuis deux semaines, m'accusant de toutes les négligences. Et c'était cette grenouille qui me les avait volées. Avec ces clés, elle pouvait aller et venir à sa guise partout dans l'école et en tout temps, même les fins de semaine.

Pot aux Roses est écrasée dans son fauteuil, abasourdie, silencieuse, complètement dévastée par cette situation qui la dépasse et lui enlève toute capacité de répondre de quelque façon aux accusations qui pleuvent sur sa tête. Elle est comme une poupée désarticulée, le visage durci par une commotion qui la tétanise.

La directrice se tourne vers elle. Il m'est étrange de constater l'émoi que je lis sur le visage de cette femme habituellement pourtant si revêche. Ce n'est pas de la colère, ni de l'indignation, ni même de la réprobation. Non, c'est un mélange de douleur et de tristesse. Certains diraient de la compassion. Elle s'est assise près de Pot aux Roses. Elle semble soudainement alourdie d'une pesante fatigue. C'est à peine si on l'entend quand elle s'est remise à parler.

—Je ne mettrai pas la police au courant de cette affaire, madame Galipeau. Inutile d'ajouter le scandale aux tourments de cette triste affaire. La lettre qui vous a dénoncée est anonyme, et en ce sens, parfaitement abjecte. Mais elle établit clairement votre culpabilité. Je vous demande de ramasser vos affaires et de ne plus vous présenter dans cette école. Vos services n'y sont plus requis.

J'ai été rejoindre les autres. On est tous sortis en courant de l'école. Toute la troupe s'est retrouvée au parc. Je leur ai tout raconté, que Pot aux Roses, c'est elle la voleuse de l'école. Je leur parle de l'argent de la petite caisse, de la grande caisse, de la montre, des clés. Tout. Quand tout a été fini et que chacun est rentré chez lui, j'ai constaté qu'il manquait quelqu'un dans le lot : Antoine.

❋

Le lendemain matin, on voulait mettre toute l'école au courant de l'histoire juste au cas où Pot aux Roses serait encore là. Mais elle avait quitté l'école avec armes et bagages. Alors on a pris la décision de ne rien dire.

On a fini l'année avec un jeune suppléant pas trop déluré.

Quant à Antoine, on ne l'a plus jamais revu. J'ai reçu une lettre de lui quinze jours plus tard dans laquelle il avouait avoir manigancé toute l'affaire, prenant ceci et cela pendant ses nombreux allers et retours aux chiottes et surtout le soir où il était resté pour laver les tableaux et balayer la classe. Il avouait ne rien regretter de son geste.

Et la vie a continué. Si quelques-uns ont vite oublié mademoiselle Julie, tout le monde va se souvenir de Pot aux Roses jusqu'à la fin de ses jours sans doute. C'est quand même bizarre, la vie, qu'on se souvienne plus facilement des gens qui nous ont fait du mal que de ceux qui nous ont fait du bien.

Quand je suis rentré à la maison, ce soir-là, je me suis jeté dans les bras de maman. Elle m'a laissé caresser son ventre. Il a grossi. Il est rond tout plein. Dedans, il y a mon petit frère. Et je ne sais pas pourquoi, mais l'image de mon Mustang avec les poignées très hautes et son siège banane s'est effacée tout doucement de mes pensées.

5

La potion magique

À l'entrée de la ruelle Saint-Dominique, qui s'arrête à la rue de Castelnau, ou qui commence, selon qu'on en sorte ou qu'on y entre, il y a une petite maison d'un seul étage à toit plat comme on en voit parfois à Montréal. Des maisons en planches, couvertes à l'origine de bardeaux d'asphalte, construites dans la première partie du siècle précédent sur des restes de terrains vagues.

Cette petite maison existe toujours. Elle est aujourd'hui couverte de briques rouges avec une frise de panneaux d'aluminium de couleur terracota qui ceinture son toit, avec aussi un balcon fleuri, un jardin bien entretenu couvert de bosquets de pivoines et d'iris, de majestueuses marguerites, de tapis d'impatientes et de Saint-Joseph bicolores.

Mais cette maison, toute coquette qu'elle soit, n'a pas toujours eu cette allure. Je me la rappelle du temps de mon enfance où elle était ceinte d'une immense palissade de bois gris derrière laquelle se cachait une horrible sorcière.

✻

—Papa, pourquoi c'est pas maman qui vient au marché avec toi ? C'est pesant… Ça me tire les bras tellement que je vais finir par ressembler à un singe.

—Trop tard, Pierre-Paul. Tu ressembles déjà à un singe, rétorque papa en rigolant. Mais attention ! qu'il ajoute, un beau petit singe, hein ! Parce que ta mère et moi, la nuit où on t'a fait en collant les morceaux, on a quand même pris soin que ça fasse joli.

—Ben drôle ! On arrive-tu ? Je fatigue, moi, là ! Pis j'ai une partie ce soir. Je vais avoir le bras tout mal vissé à mon épaule, ça va pas être joli.

—Ha ! Pierre-Paul…

—Pépé ! que je m'empresse de corriger.

—Tu me fatigues avec ton Pépé ! On te l'a déjà dit cent fois, ta mère et moi : ton nom c'est Pierre-Paul et ça va rester

Pierre-Paul que ça te plaise ou non. Pépé Camisole ! C'est un nom à coucher dehors. Y'a personne qui se fait appeler Pépé Camisole.

—Justement !

—Pis arrête de me répondre sur ce ton-là. T'es pas du monde depuis quelque temps. Chaque fois qu'on te demande un service, tu chiales. Ta mère, elle travaille déjà très fort pour te donner un petit frère. T'es assez grand pour m'accompagner au marché. À onze ans...

—Dix ! que je rouspète.

—Tu vas avoir onze ans à la fin du mois. Pis je veux plus t'entendre. En arrivant, tu files dans ta chambre me faire le ménage. On dirait qu'un régiment de souillons est débarqué là en y répandant des vêtements sales dans chaque coin et il y a un tas de bébelles qui traînent partout.

Je n'ai rien répondu. Lancé comme il est, mon père serait bien capable de me faire laver le plancher à la brosse à dents. Depuis un mois, je suis conscrit pour aller au marché Jean-Talon avec papa. Quant à maman, elle reste à la maison avec son gros ventre qu'elle s'est fait pousser. Bon, c'est bien correct pour ma mère. Mais moi, hein ? Moi ?

Les enfants c'est fait pour jouer, courir, grimper. Pas pour faire sa chambre surtout quand elle n'est même pas sale. Encore moins pour faire les commissions au marché alors que papa a une auto et qu'il pourrait très bien y aller tout seul une fois de temps en temps et pis même tout le temps. Mais non ! Il préfère qu'on marche comme des pauvres qu'on n'est même pas.

Je ne sais pas pourquoi il est en colère, mon père. C'est peut-être à cause du prix des laitues, des tomates et des concombres qui a encore grimpé. Mais ce n'est quand même pas de ma faute. Il n'avait qu'à ne pas en acheter. D'ailleurs, les tomates, les concombres, les fèves aussi et encore plus les carottes et les navets, j'aime pas trop. Et pis y'a ce nouveau légume que les Italiens viennent de nous obliger à manger, le brocoli. Beuark !

On vient de tourner à droite sur de Castelnau. On enfile maintenant la ruelle Saint-Dominique. À droite, il y a cette horrible maison cachée par une haute palissade de bois gris. C'est la maison de la sorcière. Une bonne femme terrifiante avec un grand nez au-dessus d'une moustache à rendre jaloux un colonel de cavalerie. Remarquez, la sorcière, je ne l'ai jamais vue, mais la maison, elle, oui. Avec un œil à moitié fermé par la peur que je l'ai vue, parce que, ce jour-là, la porte de la palissade était restée entrouverte.

C'est une maison faite de planches grises avec rien par-dessus. Elle a deux fenêtres avec des stores tirés même en plein jour. Une vieille chaise berçante sur la galerie. Trois chats qui se baladent dans un jardin que j'avais été surpris de trouver joli. Je m'étais même risqué à pousser la porte de la palissade pour mieux voir. Elle s'était vite refermée avec une voix derrière qui crachotait ; on aurait dit un chat en colère.

— Fous le camp, petit morveux ! J'aime pas les écornifleux !

J'étais reparti en m'accrochant à mes jambes qui couraient tellement vite que j'ai eu du mal à les suivre. C'est tout juste si mes culottes ne couraient pas deux pas devant moi.

Alors, comme je disais, on est maintenant devant la maison de la sorcière. Papa ne semble pas s'en inquiéter. Pourtant, je suis certain qu'elle nous observe depuis la fenêtre de sa maison. On raconte qu'elle a le pouvoir de voir à travers les murs. J'en ai des frissons partout.

J'accélère sans que ça ne paraisse trop. Quand une bonne distance me sépare de la palissade, je me retourne. Et ben là, juré craché, j'ai vu la porte s'ouvrir puis se refermer. J'ai remarqué un grand nez pointu reculer vers l'intérieur de la cour qu'on aurait dit la queue d'un serpent qui rentrait dans son trou.

On est finalement arrivés à la maison. Il était temps parce que mes jointures touchaient le plancher. J'ai fait ma chambre. Après le souper, je me suis rendu au parc pour ma partie de baseball. J'ai lancé trois manches avant que le coach s'amène au monticule et qu'il me montre le chemin des douches. On venait de me cogner d'aplomb : trois doubles suivis d'un triple. On se faisait mener 5-0. On a finalement perdu 11-2. C'était le cimetière dans la chambre des joueurs après le match.

Le reste de la soirée, j'ai été en beau fusil contre mes parents que je tenais responsables de notre défaite. Après tout, c'étaient eux qui m'avaient esquinté le bras avec le marché. Remarquez, je n'ai pas pu leur en vouloir longtemps. Il a bien fallu que je me calme. Parce que, mes parents, ils étaient quand même là pour me voir lancer. Ils nous ont encouragés le plus qu'ils ont pu. Et puis, ils y sont tout le temps à mes parties de balle, même quand ce n'est pas moi qui lance. Et ça me fait rudement plaisir. Alors, faut quand même être humain et savoir pardonner.

Et c'est comme ça que les journées passent et que la vie s'écoule. Comme ça qu'on vieillit, qu'on change d'âge et qu'on est un peu moins un enfant. Oh ! Pas encore un homme, non ! Mais on sait maintenant que ça viendra bien un jour. Et que, là, il faut « *souffler tes onze bougies, mon Pierre-Paul... Et là, derrière la porte, allez, lève-toi. Va donc voir ce qui peut bien l'empêcher de fermer.* »

Miracle ! C'est Noël en plein été ! Avec ce vélo que tu espérais, que tu n'as pas arrêté de nous casser les oreilles. Il est là devant toi, rouge comme tu le souhaitais, avec ce long guidon chromé et le siège banane de la même couleur que le cadre, et les guirlandes orange fluo au bout des poignées et une trompette comme avertisseur !

Le meilleur merci que je puisse dire à papa et à maman dont le ventre n'arrête pas de grossir, et à mon petit frère qui est dedans comme un poisson dans son aquarium, c'est de partir tout de suite.

Là, maintenant. Sur mon beau vélo Mustang tout neuf. Filer dans la ruelle. M'envoler dans les étoiles avec des feux d'artifice plein la tête. Je roule comme ça à toute vitesse, pour montrer mon bolide aux copains, pour qu'ils soient jaloux. Et que je sois enfin le roi de la ruelle.

Ensuite, je suis rentré. J'ai couru me jeter dans les bras de papa et dans ceux de maman. Et on a mangé le gâteau et je crois bien aussi avoir avalé les onze chandelles.

Le lendemain, il a presque fallu que ma mère m'attache pour que je prenne mon petit déjeuner. Ensuite, déboulant l'escalier en trois bonds, je suis parti à la conquête de cette première journée de longues vacances. La tête au vent, le sourire au large, les oreilles comme les grandes voiles des anciens navires. Des navires qui m'amènent loin de tout ce monde plat qui m'entoure. Si loin que j'ignore où je suis et où je vais.

Je me retrouve finalement, allez savoir comment, devant la grande palissade de bois gris. Et là, mon nom a surgi dans l'air déjà chaud. Je me suis arrêté, le cœur battant.

— Ben, oui ! C'est à toi que je parle, me dit la sorcière. Ça fait une heure que je t'attends. Allez, arrive !

— Quoi ? Qui ? Moi, madame ?

— Qui d'autre ? Tu vois quelqu'un d'autre dans les alentours ? À ton âge, ce serait le boutte de toutte que tu refuses un service à une vieille dame.

À une vieille dame, non, mais à une sorcière, oui ! Mais là, je suis paralysé par la peur. Comment pouvait-elle m'attendre ? Comment pouvait-elle seulement savoir que j'allais venir ? Même moi, je l'ignorais.

— Je dois aller au marché Jean-Talon, dit-elle. Je dois acheter dix caissons de fraises, trois ballots de rhubarbe et une trentaine de citrons bien mûrs.

Comme elle voit que je ne réagis pas, elle se dandine jusqu'à moi avec ses jambes qu'on voit presque pas tellement elle a de grosses fesses. Et là, à travers un petit rire tout édenté, elle me dévoile un secret.

— Ne dis ça à personne, mon garçon, mais c'est pour faire une potion magique.

Si elle croyait me convaincre de l'aider avec ça, elle a drôlement manqué son coup. Et là, sa tête a reculé avec son grand nez qui pointe vers moi comme un avertissement. Elle s'est mise à rire en toussant très creux au point que j'ai cru que ses poumons allaient lui sortir par les trous de nez.

—Alors, Pépé, tu viens ? Des jours, j'en ai plus assez à vivre pour les perdre à te regarder faire le piquet au milieu de la ruelle.

Comment sait-elle mon nom ? Je ne me suis jamais présenté à elle. On ne s'est jamais croisés même du regard, sauf son nez l'autre jour. Le plus invraisemblable, c'est que je ne bouge pas. Je devrais prendre mes jambes à mon cou. En trois coups de pédales, sur mon super bolide rouge, je serais déjà hors de sa portée. Mais non, je reste là, comme un idiot.

Je l'écoute. Et croyez-le ou non, ben j'ai fait signe que oui de la tête.

J'ai remisé mon mustang dans la cour de la sorcière. Je me suis attelé comme un cheval à la brouette qu'elle m'a montrée du doigt et nous sommes sortis de la cour. Elle a fermé la porte de la palissade et y a foutu un cadenas gros comme une assiette à tarte.

—Comme ça, y'a pas un sale morveux qui va oser s'en prendre à ta bécane, qu'elle me dit en zieutant la chaîne à gros maillons que le cadenas retient.

Nous sommes partis vers le marché et nous en sommes revenus une heure plus tard. La brouette est chargée de ses dix caissons de fraises, de ses trois ballots de rhubarbe et de sa trentaine de citrons bien juteux que la sorcière a mis des minutes et des minutes à choisir un à la fois alors que, pourtant, ils me semblaient tous pareils, aussi gros les uns que les autres et aussi jaunes que le soleil de juillet.

On ne s'est pas parlé. Elle a toutes les peines du monde à se déplacer, tellement qu'elle n'a pas la force de parler en plus. Même pour acheter ses fraises, elle n'a rien dit.

Elle m'a fait goûter les fraises de chaque caisson qu'elle a pointé. Satisfaite du sourire que je faisais en goûtant, elle a trié ceux qui lui convenaient. Sans rien dire encore, elle a regardé le vendeur et les prix ont baissé de moitié. Pareil pour la rhubarbe et les citrons.

Rendue à la maison, elle est passée devant, elle a retiré le cadenas et la chaîne, elle a ouvert la porte. Nous sommes entrés chez elle.

Aux fenêtres, les stores sont tous baissés, mais, étrangement, l'intérieur de la maison baigne dans une belle lumière. Madame Rita – aussi bien l'appeler par son vrai nom – n'a pas la force de se traîner plus loin que la chaise qu'elle vient de tirer et sur laquelle elle s'affalle. C'est un vrai miracle que tous les morceaux de la chaise n'aient pas éclaté.

J'ai entré les fraises, la rhubarbe et les citrons. Je les ai mis par terre près du comptoir comme madame Rita me l'a demandé avec les yeux.

Discrètement, j'ai parcouru du regard le reste de la maison. Je me suis dit qu'on ne devait pas être nombreux à l'avoir fait. Je crois même être le seul être vivant qui soit un jour entré dans cette maison du fait qu'elle n'a forcément pas d'amis, la sorcière. On ne la voit jamais, ni dans la rue, ni dans les épiceries, ni dans les magasins, encore moins à l'église, sauf aux enterrements, ce qui la rend plus suspecte encore et plus inquiétante.

C'est super propre et même joli chez elle, avec des plantes partout, des beaux rideaux de dentelle aux fenêtres et des meubles tout bien lustrés. En plus, ça sent bon. Sur l'âtre du faux foyer, il y a trois photos dans trois cadres dorés : un homme, un jeune garçon et une fille que je ne connais pas et qui doit avoir mon âge.

108

Et puis, il y a cette lumière partout malgré les stores baissés. Pas une lumière artificielle ou électrique ou quelque chose du genre. Non, de la vraie lumière ! Celle de notre beau Soleil. Quand j'ai eu déposé mon dernier caisson de fraises, j'ai levé les yeux au plafond en m'essuyant le visage avec mon bras à cause de la sueur qui dégoulinait. Et là, je suis resté figé d'admiration. Il y a des fenêtres au plafond !

C'est de là qu'elle nous vient, toute cette belle lumière. Bon, bien sûr, ce ne sont pas des fenêtres rectangulaires comme sur les murs. Non ! Et c'est justement ce qui les rend si extraordinaires. Elles sont rondes comme des hublots de bateau, mais bien plus grandes, et convexes. On dirait des cockpits de vaisseau spatial.

La grosse femme s'est mise à rire en voyant mon étonnement.

— C'est surprenant, hein ? On appelle ça des puits de lumière. C'est nouveau. En tout cas, ce l'était quand mon mari les a installés. C'est lui qui les a fabriqués à l'usine de portes et fenêtres où il travaillait. La maison a été un vrai chantier pendant six mois.

— J'ignorais que vous étiez mariée, madame Rita.

Elle ne m'a pas répondu. Mais j'ai bien vu son visage changer comme si de gros oiseaux noirs l'enveloppaient de leurs ailes.

— Apporte-moi un verre d'eau, Pépé, et pis va-t-en, qu'elle m'a dit de sa voix couinante.

Je lui ai apporté son verre d'eau et je suis parti. Au moment où j'allais refermer la porte derrière moi, j'ai entendu madame Rita qui s'adressait à moi.

— Dis, Pépé, tu pourrais revenir demain matin ? Cette potion que je m'apprête à faire, j'aurai pas la force de la faire toute seule. Je t'apprendrai.

Sans réfléchir, je me suis entendu lui répondre « Oui, madame Rita. »

Elle m'a fait un grand sourire.

— Referme bien la porte de la palissade en sortant, mon garçon.

Et puis, elle a continué à marmonner toute seule, si bien que je n'ai rien compris de ce qu'elle disait. Je crois bien qu'elle se parlait à elle-même.

❋

Le lendemain, je suis arrivé à neuf heures.

Madame Rita semble plus lourde que tout le poids de son corps et très fatiguée. Elle est heureuse de me voir, mais elle ne laisse rien paraître de ses sentiments. Elle a un air faussement bougon. Elle m'offre un thé, certaine que je le refuserai. J'ai refusé en effet. « Les enfants n'aiment pas le thé, pauvre idiote » grogne-t-elle.

— Faut équeuter les fraises, dit-elle après un court silence. Tu fais comme ça, sous la corolle. Et fais attention de ne pas arracher la moitié du fruit. Ensuite, tu mets les fraises entières dans ces quatre gros chaudrons. Entières, que tu les mets. Pas la peine de les couper en deux même si tu en trouves de très grosses. Entières ! C'est le premier secret de ma potion. Retiens bien ça, gamin, et toi aussi Pépé : c'est entières qu'on fait cuire les fraises afin qu'elles expulsent leur jus lentement. Faut pas faire souffrir les fraises. C'est mauvais pour les esprits qui les habitent.

La sorcière s'est mise à rire en couinant. Du coup, je me suis demandé à qui elle parlait quand elle s'est adressée au gamin avant de s'adresser à moi. Parce que j'étais tout seul avec elle dans sa cuisine. Et puis j'ai compris que ce serait désormais sa manière de s'adresser à moi. J'étais désormais à la fois le gamin et Pépé, bien que je sois persuadé que, dans la tête de la sorcière, dans ses yeux peut-être, nous étions vraiment deux entités distinctes, comme deux wagons d'un même train.

Pendant que j'équeute les fraises, je me demande où elle a appris mon nom. Alors, comme si elle avait lu dans ma tête, elle me dit :

— Moi aussi, gamin, j'aime mieux Pépé. Surtout que Pépé Camisole, c'est franchement une belle trouvaille. Remarque, Pierre-Paul, c'est pas vilain. T'aurais pu t'appeler Zénon ou Théophile. Là, c'aurait été un bien gros handicap de nos jours. Qu'est-ce que tu en penses, gamin ? N'est-ce pas que Pépé Camisole c'est joli ?

Et elle reprend son rire en se penchant pour soulever l'une des quatre grosses marmites pleines à ras bord de petits fruits rouges. Mais elle s'écrase sur sa chaise, la main sur sa poitrine, le rire de travers que c'est presque une grimace avec des hoquets dedans. Alors, j'ai pris les marmites, l'une après l'autre, et je les ai déposées sur le poêle.

J'avoue que j'étais assez fier de sentir une pareille force dans mes bras.

— Oui gamin, Pépé ! T'es pas encore un homme, mais tu en feras un bon et un

beau. Hé, gamin ! Regarde bien le Pépé : sûr qu'il sera un homme droit et solide.

Elle s'est remise à rire doucement, la grosse femme, comme si elle ne savait faire que ça. Ensuite, elle m'a demandé de lui apporter la rhubarbe, les citrons, un bon couteau…

— Là ! Non, en bas du comptoir. Le deuxième tiroir sur ta droite. La droite, Pépé le gamin. Bon, là ! Le couteau à manche noir. Apporte-moi aussi la planche de bois sous l'évier.

Et elle s'est mise à trancher sa rhubarbe, à épépiner ses citrons et à les couper en fines rondelles.

— La rhubarbe, elle mérite pas autant de clémence que les fraises, qu'elle m'explique. Avant de la couper, il faut enlever la petite peau, comme ça. Voilà ! La rhubarbe, c'est l'herbe du diable qu'il faut sanctifier avant de la faire cuire. Alors on ne la ménage pas. Le coup de couteau est franc, le geste est rude. Tu vois, gamin, et toi Pépé ? C'est le deuxième secret de ma potion. Une fois que la rhubarbe est réduite en dés inoffensifs, on la baptise avec les tranches de citron pour que la rhubarbe soit bien lavée de tous ses péchés. Et pis quand elle s'est bien confessée… Comme ça… Gamin, Pépé, va me chercher le sucre.

J'ouvre la porte du garde-manger. Il y a là, empilés, six gros sacs de sucre de cinq livres chacun.

— Pas un, trois sacs, gamin, trois ! On a quatre gros chaudrons à servir. Le sucre, c'est la caresse qui rend cette potion irrésistible. Voilà ! Maintenant, Pépé, et toi aussi gamin, observez bien. Tu me verses les deux tiers d'un sac de sucre dans chacun des chaudrons.

Ensuite, tu ajoutes la rhubarbe et les citrons aux fraises. Tu mélanges bien pour que le sucre enrobe chaque morceau de fruit. Brasse, Pépé le gamin ! Encore ! Bon ! Parfait !

Et là, madame Rita s'arrête. Elle me regarde en souriant. Elle respire difficilement comme si, l'effort de brasser, c'est elle qui l'avait fait. J'ai bien vu le contour de ses lèvres blanchir. Alors, elle a agrandi son sourire pour chasser mon inquiétude.

— Trop chaud pour continuer, qu'elle dit. Et puis, je n'ai plus aucune marmite. Aussi, faut que je me repose maintenant. Et toi, gamin Pépé, tu dois aller t'amuser. Un garçon de ton âge, c'est fait pour jouer, courir, grimper. Allez, ouste ! Dehors ! On fera l'autre moitié demain.

Je suis sorti sans prendre la peine de lui répondre quand la sorcière m'a demandé si je revenais demain. Elle connaît la réponse, allez !

Une fois dehors, elle m'a rappelé de son ton de voix à la fois doux et autoritaire. Je me suis retourné, j'ai rouvert la porte.

— Oh ! Gamin de Pépé, peux-tu compter les logements d'ici à chez toi. Compte bien de chaque côté de la ruelle. J'ai besoin de savoir combien de pots de ma potion je dois préparer. Ce sera mon cadeau d'adieu.

— Vous partez quelque part, madame Rita ?

Elle ne m'a pas répondu et m'a renvoyé en me recommandant de bien compter deux fois pour être bien sûr.

— Et une troisième si tu n'arrives pas au même total la seconde fois.

En rentrant à la maison pour dîner, j'ai compté quatre-vingt-sept logements. Et pendant que je compte, je me demande de quelle étrange potion magique je suis devenu l'assistant. Demain, je le lui demanderai. Je ne vais quand même pas me rendre complice d'une soupe assassine. Ouais ! Demain, je le lui demande. Et si la sorcière refuse de me répondre, je sors en courant la dénoncer aux flics pour meurtres anticipés.

Mais, quelque chose dans ma tête me dit de ne pas faire de mal à cette pauvre vieille. Qu'elle est une gentille grosse dame que j'aime déjà bien.

Allez savoir pourquoi.

✳

Le lendemain, je suis arrivé à neuf heures tapantes. Madame Rita sourit. Son nez a rapetissé, on dirait. Elle s'est épilé les poils de la moustache, a mis un peu de fard et de la poudre sur ses joues, du rouge sur ses lèvres. Elle est presque jolie et paraît presque heureuse.

Elle a préparé des crêpes avec du sirop d'érable et un bon chocolat chaud. On a mangé dehors, dans le jardin, sur une table de fer forgé avec une belle nappe brodée et une belle coutellerie pesante et qui brille. Il fait soleil. Ce n'est pas trop chaud, juste bon, 80 degrés Fahrenheit sans vent, un ciel tellement bleu qu'on dirait que le bon Dieu vient tout juste de lui donner une autre couche de peinture. On n'a pas parlé et ce n'est pas très grave. Puis on est rentrés dans la cuisine.

On s'est mis tous les deux à la vaisselle que j'ai rangée moi-même en ouvrant les armoires, question de savoir où placer les choses. Madame Rita me laisse faire. Elle est assise et s'évente avec un éventail chinois.

J'ai fait l'autre moitié de la potion tout seul, avec les fraises, la rhubarbe, les citrons, le sucre. J'ai rempli trois grosses marmites aux deux tiers que j'ai mises sur le poêle.

De là où je suis, je vois les trois cadres sur le rebord de la cheminée avec ses trois photos qui nous fixent dans les yeux quel que soit l'endroit où l'on se trouve dans la maison.

Madame Rita me regarde regarder les photos. Son sourire a disparu. Je vois bien que ses yeux roulent des larmes qu'elle retient pour ne pas les échapper. Il y a des larmes, comme ça, trop précieuses pour les abandonner au premier chagrin qui passe. On les retient en soi parce que ces larmes-là ne nous tuent pas. Elles nourrissent notre jardin intérieur comme la pluie chaude de l'été nourrit les jardins de roses pour les faire éclore.

On ne peut pas renier toutes les tristesses qui nous habitent. Certaines puent, c'est vrai, mais d'autres parfument notre âme et donnent du relief à notre mémoire.

— Les trois m'ont quittée le même jour, murmure-t-elle avec cette voix adoucie par des années de chagrin silencieux auquel elle semble s'être habituée. Le même jour, à la même heure, ils sont partis. Un accident de voiture. Quatre vies emportées comme des flocons de neige dans la tourmente d'un vent froid d'hiver. Oui, quatre ! Je suis morte aussi à ce même instant. Ça fait trente ans de ça. Ils étaient allés voir le défilé du père Noël sur la rue Saint-Hubert. C'était beau, dans ce temps-là, les parades de la rue Saint-Hubert. Ensuite, il y a eu la guerre.

Un lourd silence s'est emparé de la maison et me secoue la tête comme si une tempête m'agitait l'intérieur du crâne. Madame Rita a vu mes larmes et elle m'a vite fait un grand sourire rose avec plein de soleil dedans. Mais ça n'efface pas ses yeux cernés, ses rides et sa pâleur, ni même sa tristesse, étendue sur son visage comme une deuxième peau.

Elle secoue la tête.

— Faut jamais parler des absents. Ils ont toujours tort. Bon ! Y serait temps que je t'explique c'est quoi la potion magique que je t'ai fait préparer et dont tu connais maintenant le secret.

Secret ! Quel secret ? Potion ! Quelle potion ? De quoi elle parle, ma grosse sorcière ?

De son grand nez qui semble avoir repoussé depuis mon arrivée, il est maintenant aussi pointu qu'un crayon bien aiguisé, elle pointe les trois chaudrons qui sont sur les ronds du poêle.

—C'est une potion extrêmement délicate, me dit-elle. Très longue à faire cuire, ni trop longtemps ni pas assez, à feu doux pour que ça n'attache pas dans le fond sinon elle perd tout son pouvoir. C'est une potion que je n'ai pas préparée depuis trente ans.

—La dernière fois, c'était avec vos enfants et votre mari.

—Oui ! s'est-elle contentée de répondre.

—Ils étaient des sorciers, eux aussi ?

—Non. Y'avait que moi. Mais cette potion, c'était pour eux que je la faisais.

—Pour eux ?

—Pour eux seuls !

—De la potion magique ?

—Oh, mais attention, gamin de Pépé Camisole que tu es ! Ce n'est pas une mixture ordinaire. Je ne suis pas une sorcière ordinaire non plus. Il n'y a que trois potions sur lesquelles j'exerce mon art : une avec des légumes, une avec des

120

oranges et des pamplemousses, et celle-ci avec les fraises, la rhubarbe et les citrons.

— Mais je croyais… Ben, la bave de crapaud, les araignées, les queues de rats, tout ça ?

— Fi ! Tu parles de philtres préparés par des carabosses que nous avons renvoyées au pays des enfers il y a bien longtemps de ça. Moi, je prépare des potions qui rendent les gens heureux.

— Comme les philtres d'amour ?

— Non ! Un philtre mille fois plus puissant : le philtre du bonheur ! Quand les gens goûtent mes potions, surtout celle avec les fraises, qui est ma spécialité, hé bien ! tu les vois s'alléger, sourire, lancer de grands soupirs de satisfaction. Ils ferment les yeux et, derrière leurs paupières closes, c'est un soleil qui brille et des feux d'artifice qui éclatent partout.

Un long silence s'étire m'entraînant loin, loin dans le ciel, parmi les oiseaux qui dansent autour de moi.

— Oui, bon ! Mais là, faut qu'elle cuise, la potion, me dit la sorcière en agitant ses gros bras comme si elle chassait une mouche. Sauf que là, ce n'est pas une mouche qu'elle poursuit, mais moi qu'elle met à la porte. Elle dit que je la fais trop parler et qu'elle est déjà assez fatiguée comme ça. Elle ne veut pas faire cuire ses fraises en plein milieu des chaleurs de l'après-midi parce qu'avec sa corpulence et son vieil âge, les grosses sueurs pisseuses, elle n'endure plus.

Alors, j'ai retraité vers la porte en riant puis, comme chaque fois que je m'apprête à sortir, elle me demande si je reviens demain. Je lui réponds oui, à neuf heures. Elle me dit que, demain matin, elle aura peut-être le sommeil un peu lourd à cause de tout le travail qui l'attend, qu'elle va sûrement se coucher très tard et que ce serait mieux de ne pas la réveiller. Mais que tout sera prêt sur le bord de la porte.

— Tu n'auras qu'à prendre les pots et les distribuer à chaque famille de la ruelle.

— Oh ! j'oubliais, madame Rita. Il y en a quatre-vingt-sept.

— Ouais, je sais ! Tu me l'as déjà dit, qu'elle me lance depuis la table de la cuisine.

Mais moi, je sais que je ne le lui ai pas dit. Elle ne me l'avait pas demandé et j'avais oublié. Ça m'est revenu quand elle m'a demandé de distribuer les pots à chaque famille de la ruelle. Elle ne pouvait donc pas savoir.

Alors je l'ai regardée, elle qui ne me regarde plus. C'est comme si j'avais disparu alors que je suis toujours là. Je vois bien que, même épuisée, pâlotte et cernée comme elle est, ma sorcière est vraiment fortiche. Elle ne fait pas que voir au travers des murs, elle voit dans le cœur des gens. Et je me dis que c'est très bien. Et si, comme je le crois, elle lit dans le cœur des gens, elle doit savoir alors que je l'aime bien et que je n'ai pas besoin de lui dire. Parce que c'est quand même gênant de dire à une sorcière qu'on l'aime.

Et je suis parti jouer avec les copains. Ils ne savent rien de mes aventures avec la sorcière. Et là encore, je me dis que c'est parfait comme ça. Ils croient ce qu'ils veulent sauf la vérité ; qu'elle est méchante et dangereuse alors qu'elle est gentille et douce. Ils me font bien rire avec leur ignorance.

Le lendemain matin, je me suis rendu chez madame Rita une heure plus tôt que prévu. En arrivant, deux choses me paraissent bizarres : l'absence de ma vieille amie dans la cuisine et le mot sur la vitre qui me dit d'entrer, que la porte n'est pas barrée.

En entrant, je me suis enfargé dans une montagne de pots de *potion du bonheur*. La moitié s'est renversée sur le plancher. Ç'a fait un boucan de tous les diables. Heureusement, je n'en ai brisé aucun. Mais question discrétion, on repassera. Si madame Rita dort encore, hé ben, il y a de grosses chances maintenant qu'elle ne dorme plus.

Je suis resté là sans bouger, étendu sur le plancher à écouter le bruit que font les pots qui roulent jusqu'aux murs. J'ai compté jusqu'à dix dans ma tête. Ensuite, c'est le silence. Un silence aussi lourd qu'un camion de ciment. Rien ! Même pas le bruit de ma respiration que je retiens au point que je suis en train de me transformer en poisson rouge. Il y a des pots jusque sous la table. De là où je suis maintenant, je les regarde. Chaque pot porte une étiquette sur laquelle est écrit à la main, dans une belle écriture avec de belles boucles et tout ça, le nom de chacune des familles et son adresse et, en plus gros :

Potion du Bonheur
Confiture de fraises
et de rhubarbe
aromatisée au citron

Mon visage s'est illuminé d'un sourire grand comme une porte de garage double. Le voici donc le secret de ma vieille amie : ma sorcière n'est en fait qu'une faiseuse de confitures !

J'ai lu les étiquettes sur chaque pot. Il y en a deux pour M. et Mme Simard et leur famille, un pour la veuve Fournier, trois autres pour les Gladu, deux pour les Beaudry, un pour la mère à Lucien, deux pour les Dubreuil, un pour les Molinari. Chacun des noms de tous les habitants de la ruelle Saint-Dominique est inscrit à la main sur le ou les pots qui leur sont destinés. Ma sorcière connaît les noms de tout le monde, avec leur adresse et tout et tout. Et puis, c'est super bien écrit. Tout ça a dû lui prendre un temps fou à faire. Surtout que chacun des cent quarante-six pots (plusieurs familles en ont jusqu'à trois ou même quatre) est recouvert d'une petite nappe de coton carreautée attachée avec des lanières de raphia.

Je me suis arrêté tout à coup. Quelque chose ne va pas dans cette maison. Tout est propre. La maison est remplie d'un beau soleil qui tombe des puits de lumière. Dans l'évier, il n'y a même pas une tasse, pas une petite cuiller qui traîne. Pas une tache sur les murs. Le poêle est luisant comme s'il sortait de chez Corbeil sur la Plaza. Ce qui ne marche pas, c'est le silence. Pas un seul bruit. Normalement, le bruit des pots sur le plancher, la porte qui a claqué parce que je n'ai pas réussi à la retenir, tout ça aurait dû réveiller ma vieille amie. Mais non, elle dort toujours.

Peut-être qu'elle s'est couchée au lever du jour. Et qu'elle dort sans ronfler, sans bouger, dans une chambre pleine de soleil où elle n'a même pas pris le temps de fermer ses stores ni ses draperies. Peut-être qu'elle a fait exprès pour que la lumière entre et s'installe comme une vieille complice tout autour d'elle.

Je me lève. Je m'approche. Je m'arrête sur le seuil de sa chambre. C'est la première fois que je vois la chambre de la sorcière. Une chambre pleine de couleurs, de meubles blancs, de jolies poupées bien rangées sur des tablettes, et des trophées de hockey. Sur la commode, trois violettes africaines chargées de fleurs mauves.

Dans le lit recouvert d'un couvre-lit en dentelle, il y a madame Rita, étendue sagement par-dessus, dans sa plus belle robe, les mains refermées sur son chapelet.

Comme elle est belle, avec cette dentelle blanche sur son corsage, ses cheveux bien peignés, ses joues roses et ses lèvres carminées. Elle ne respire plus, ma sorcière. Elle dort si fort que c'est presque beau à voir.

J'ai baissé les yeux. Je les ai fermés pour faire une prière que je n'ai pas faite. Quand ils se rouvrent, mes yeux fixent le pot de confiture que je tiens dans ma main. C'est le mien. Pourtant mon nom n'est pas écrit dessus. Il y a juste, un seul mot :

MERCI !

Je suis sorti. J'ai mis les pots dans la grosse brouette et j'ai fait la livraison des pots de **Potion du Bonheur**

Je ne pleure pas, même si j'ai les yeux pleins d'eau. Drôle de sorcière, ma sorcière, qui dit adieu à tout le monde en leur offrant un pot de confiture de fraises dont elle m'a donné la recette juste avant de mourir pour que tout ne disparaisse pas avec elle.

Et pendant que je dépose les pots devant chaque porte, il me revient en mémoire une chose qu'elle m'a dite la première fois qu'on s'est vus et qui n'avait pas attiré mon attention alors et qui prend tout son sens maintenant : « Ne pars jamais, petit, sans avoir laissé un sourire derrière toi ! »

Une fois ma livraison terminée, je suis retourné chez madame Rita. Elle dort toujours.

J'ai pris un linge et j'ai lavé le comptoir partout, pas pour effacer mes traces avant que n'arrivent les policiers, les pompiers puis les ambulanciers. Non, c'est juste pour être certain que tout soit propre comme madame Rita aurait voulu que ça soit.

Puis j'ai pris le téléphone, et j'ai fait le zéro. L'opératrice m'a répondu.

— Bell Operator, opératrice Bell. What can I do for you ? Que puis-je faire pour vous ?

Au début, je n'ai pas su quoi dire. Ni s'il fallait que je parle comme l'opératrice, moitié anglais, moitié français, ce que je n'aurais pas su faire. Finalement, ma bouche s'est mise à remuer toute seule.

— Je vous appelle pour vous dire que madame Rita est morte dans son lit. Elle est toute seule puis elle sait pas quoi faire.

— Who's talking, qui parle ?

— Ben, c'est moi.

— Qui vous ?

— Elle reste au 7678, rue Saint-Dominique.

J'ai raccroché. J'ai débarré la porte d'en avant pour que la police ne soit pas obligée de défoncer, ensuite je suis sorti par en arrière. J'ai repris ma bicyclette mustang et je me suis mis à pédaler comme un fou juste pour que mes larmes se mêlent à ma sueur. Madame Rita n'aurait pas voulu que j'aie de la peine. Alors, j'ai pleuré sans que ça paraisse. Dix minutes plus tard, j'ai entendu un tas de sirènes. Je ne suis pas allé voir.

Le soir, j'ai compris pourquoi madame Rita appelait sa recette de confiture, la potion du bonheur.

Quand papa et maman ont avalé leur première cuillérée de confiture, leurs yeux se sont fermés et leur bouche s'est illuminée d'un grand sourire. Ensuite, j'ai entendu sortir de leurs poumons un profond soupir de satisfaction « Ahhhhhhh ! »

Il fait tellement beau dehors. Je me suis approché de la porte de la galerie qu'on a laissée ouverte. Et là, j'ai vu s'élever, de toutes les maisons de la ruelle Saint-Dominique, de chez nous jusqu'à la maison de madame Rita, de chaque porte de chaque fenêtre un grand souffle de bonheur. Je ne l'ai pas seulement entendu, je l'ai vu, je vous jure. Parce que les murs des maisons se sont gonflés de plaisir tellement était grande la satisfaction de chacun de ceux qui avaient goûté les confitures de madame Rita.

Et dans ce souffle de pur bonheur qui montait vers le ciel, j'ai vu l'âme de ma vieille amie trouver son chemin jusqu'au bon Dieu.

Deux jours plus tard, je me suis pointé à l'église juste pour voir arriver le cercueil de madame Rita et le regarder remonter l'allée centrale de l'église Sainte-Cécile. J'étais certain d'être le seul être humain à venir se recueillir sur sa dépouille. Mais ce n'est pas ce qui est arrivé.

J'ai vu une église pleine à craquer de gens qui portaient encore en eux le bonheur des confitures.

Et de chaque côté de l'allée, au fond de quatre-vingt-sept pots de confiture portant encore leur étiquette, quatre-vingt-sept lumignons saluaient le passage de madame Rita couchée dans son lit de bois luisant.

130

Pierre Desrochers

 Pépé Camisole m'est arrivé un après-midi alors que j'étais en train de raconter une histoire à mes élèves comme il m'arrivait souvent de le faire en fin de journée. Le personnage d'un petit garçon aux prises avec un ballon magique qui refusait de se gonfler s'était imposé sans que je ne réfléchisse et sans même que je sache vraiment ce qu'il allait faire dans cette histoire que j'improvisais.

Pourquoi le nom de Pépé Camisole ?

Je ne sais pas trop.

Sans doute parce que ça faisait rigolo.

À cette même époque, je flirtais avec l'idée d'une série de livres autour d'un personnage déluré, un garçon de dix-onze ans. Des histoires qui se passeraient dans un passé pas trop lointain et que je connais bien puisque c'était l'époque de mon enfance : l'année 1962. Alors Pépé s'est imposé d'emblée avec son caractère enjoué, ses peurs, ses envies de vélo, ses amis et ses aventures.

Le reste, c'est une affaire de magie ; celle des mots, celles des heures joyeuses d'écriture.

Dans la collection
Chat de gouttière

1. *La saison de basket de Fred*, de Roger Poupart.
2. *La loutre blanche*, de Julien Lambert.
3. *Méchant samedi !*, de Daniel Laverdure.
4. *Swampou*, de Gérald Gagnon.
5. *Zapper ou ne pas zapper*, d'Henriette Major.
6. *Un chien dans un jeu de quilles*, de Carole Tremblay. Prix Boomerang 2002.
7. *Petit Gros et Grand Chapeau*, de Luc Pouliot.
8. *Lia et le secret des choses,* de Danielle Simard.
9. *Les 111 existoires d'Augustine Chesterfield*, de Chantal Landry.
10. *Zak, le fantôme,* de Alain M. Bergeron, Prix Hackmatack 2004.
11. *Le nul et la chipie,* de François Barcelo. Lauréat du Prix TD 2005.
12. *La course contre le monstre*, de Luc Pouliot.
13. *L'atlas mystérieux,* tome 1, de Diane Bergeron. Finaliste au Prix Hackmatack 2005 et 2e position au Palmarès de Communication-Jeunesse 2005.
14. *L'atlas perdu,* tome 2, de Diane Bergeron. Finaliste au Prix Hackmatack 2006
15. *L'atlas détraqué,* tome 3, de Diane Bergeron.
16. *La pluie rouge* et trois autres nouvelles, de Daniel Sernine, Louis Émond et Jean-Louis Trudel.
17. *Princesse à enlever*, de Pierre-Luc Lafrance.
18. *La mèche blanche*, de Camille Bouchard. Finaliste au Prix littéraire de la ville de Qébec 2006.
19. *Le monstre de la Côte-Nord*, de Camille Bouchard.
20. *La fugue de Hughes,* de Carole Tremblay.
21. *Les dents du fleuve,* de Luc Pouliot.
22. *Tout un programme*, de Daniel Laverdure.
23. *L'étrange monsieur Singh*, de Camille Bouchard.

PROTÉGEONS NOS FORÊTS

Ce livre a été imprimé sur du papier Sylva enviro 100 %
recyclé, traité sans chlore, accrédité Éco-Logo et fait à partir
d'énergie biogaz.

Achevé d'imprimer
à Cap-Saint-Ignace
sur les presses de Marquis Imprimeur
en janvier 2012

OKANAGAN REGIONAL LIBRARY
3 3132 03457 9500